U0691336

在长征路上旅行

刘瑞升 著

自然与文化景观的新发现

中国科学技术出版社
·北京·

图书在版编目（CIP）数据

在长征路上旅行：自然与文化景观的新发现 / 刘瑞升著. — 北京：中国科学技术出版社, 2016.6（2019.10 重印）

ISBN 978-7-5046-7135-6

Ⅰ. ①在… Ⅱ. ①刘… Ⅲ. ①游记 – 中国 Ⅳ. ①K928.9

中国版本图书馆CIP数据核字(2016)第078787号

策划编辑	杨虚杰　胡　怡
责任编辑	胡　怡
装帧设计	刘影子
责任校对	何士如
责任印制	马宇晨

出　　版	中国科学技术出版社
发　　行	中国科学技术出版社有限公司发行部
地　　址	北京市海淀区中关村南大街 16 号
邮　　编	100081
发行电话	010–63583170
传　　真	010–63581271
网　　址	http:/www.cspbooks.com.cn

开　　本	700mm×1000mm　1/16
字　　数	252 千字
印　　张	14.5
版　　次	2016 年 6 月第 1 版
印　　次	2019 年 10 月第 2 次印刷
印　　刷	旭辉印务（天津）有限公司

书　　号	ISBN 978-7-5046-7135-6/K・184
定　　价	48.00 元

（凡购买本社图书，如有缺页、倒页、脱页者，本社发行部负责调换）

◉ 内容提要

　　长征路，是人文历史、自然风光的景观大道。本书中红军长征路线仅是引线或背景，大量篇幅是记录这条线路上的历史遗存、自然风景、"非遗"文化、百姓生活等。本书涉及鄂豫皖陕甘宁地区，包含了中原大地，大别山区，秦岭山脉，渭河流域，陇原山川，陕北高原。地形地貌的不同，构成了不同的人文景观、民俗民风。线路上有很多普通游者耳熟能详的事件却不知晓地理方位的地方，比如《叶公好龙》的发源地在叶县；南水北调古已有之，其遗址在河南方城；东汉文化学者群在湖北枣阳等。麦积山石窟、尧山、崆峒山、鸡公山等世界级或国家级的自然风景名胜区贯穿沿途，还有方城石猴、枣阳酸浆面等非物质文化遗产等。

　　全书为日记体，叙述方式采用第一人称，行走中遇到的事情、接触的人物，与之相关展开的细节，作者都试图有所表现，以增加现场感、可读性、实录性。

◉ 作者简介

刘瑞升，新闻从业者，兼任中国徐霞客研究会副会长、《徐霞客研究》编委、地学哲学委员会第九届理事会理事。

1999年至2001年，孑然一人骑自行车行13个省市区，计9000多千米，完成"中华知识产权世纪行"活动。２００２年至２０１３年，工作之余驾车１２次出行２３４天、行程69000千米，考察明末地理学家、旅行家徐霞客的足迹。收藏不同时期出版的《徐霞客游记》百余部。出版的作品有《山川情旅》《专利情怀》《上道就好》《环北京自驾车终极热线自由行》《徐霞客、丁文江研究文稿》《跟着徐霞客去旅行1》等。

目　录

⊙ 第三节 秦岭汉水陕南风 / 075

自序

长征路，人文历史的景观大道

——

　　我在重走红二十五军长征路之前，怎么也没有想到，这条路除了与"困苦""战斗""牺牲"等词汇关联外，还与"壮丽"有关——这是一条自然风景的观光带；更与"文化"相连——这是一条中国人文历史的景观大道，充满了文化的氛围，弥漫着文化的气息。让我有写作的欲望，让我有记录的冲动，文字与图像的有机结合，构成了 27 个昼夜时光，在键盘的敲击声中，定格在电子显示屏上，存储在一个个文件夹里。

　　大别山区，中原大地，秦岭山脉，渭河流域，陇原山川，六盘山上，陕北高原，我看到红二十五军经过的这条起伏蜿蜒的路线上，点缀着一个个光彩熠熠的历史画面：有千年前人类尝试南水北调的遗址——方城垭口；有沉睡千年的《叶公好龙》冤案；有东汉文化学者的群像；有久负盛名的麦积山石窟；有80载岁月的列宁小学；还有1990年诞生在金寨的全国第一所希望小学；有方城石猴、枣阳酸浆面等非物质文化遗产；有明末大旅行家徐霞客登舟处——丹江码头；而尧山、崆峒山、鸡公山等国家级的自然风景名胜区，更是美不胜收。

　　我分明听到，80年前长征的足音在空中回荡，在山野里徘徊，在当地老百姓心中萦绕，从来没有间断过，一直没有！这是与任何景观不同的一条独特的道路。

　　我在想，如何把这次的行走，变成一次对自然的敬畏，对历史的倾听，对过去的反思，对后世的醒悟？其实，这是我的笔力所不能的，但我愿意向这个方向努力！

二

2014 年 9-10 月间，我从北京启程，携带自行车，或骑行、或乘车在安徽、河南、湖北、甘肃、宁夏、陕西等省区，循着红二十五军长征路线，行 27 天，计 6262 千米。实现心中的夙愿：一是为了纪念——纪念 15 年前的 1999 年，独行 9500 多千米的"中华知识产权世纪行"，为自己喝彩；二是为了圆梦——打有记忆起，就常听红军长征的故事，在红军长征 80 年后的今天，去看看长征路上的风景，把历史记录。

记述红军长征的文字可谓汗牛充栋，更有专门做精准考据的机构，这种研究必须有足够长的时间和厚实的经费为支撑，于我而言均是"短板"。我此行仅是以红二十五军长征路线上的遗迹和曾经发生的事件为线索，依我所听所看所搜集的材料，记录 80 年来在这片土地上生活的人们，他们的经历、他们的情感、他们的希望；记录这条路上的自然风景、文物古迹、文化遗产、民间传说、社会新闻等。

全书为日记体，叙述方式采用第一人称，行走中遇到的事情、接触的人物，与之相关展开的细节，我都试图有所表现，以增加现场感、可读性、实录性。而当年红军长征实况，发生的主要历史事件，则采用"拿来主义"的"附录"形式，标明出处及作者姓氏，辑录于当天日记里。还有一些解释性信息、背景材料等则以"链接"的方式体现。

三

短暂的 27 天，感动无时不在，试举二三例：

之一，在安徽大山深处的金寨县，全国第一所希望小学于 1990 年在这里诞生。这里还有一所建校 80 余年的列宁小学，如今，列宁小学的 20 位老师，大多是 30 岁以下的年轻人。韩雪梅，2009 年被分配到这里工作，2012 年期满可以返城，但她选择了留下。刘平娟、马超两位 85 后女孩，从合肥师范学院毕业后一同来到这里工作。几年前学校没有锅炉，她们用双手劈柴，烧水给孩子们喝。冬天，炭火盆、热水袋是老师们的取暖方式。他们的意志和情怀让人佩服；他们的坚守可歌可泣。经他们双手批改的作业、写成的教案——"传道授业解惑"，成为一批批学生从这里启蒙，奔赴各地，报效国家的开端。据统计，从该校毕业的学生中，有 260 多人上了大学，其中 18 人获得博士学位。而 20 世纪 30 年代从列宁小学走出去的学生中，有 5 位成为新中国的第一代将军。

之二，丹凤县庾家河镇的杨家药铺，这家目前已不卖药的"药铺"是纪念红二十五军的重要场所，准确地说，在这间药铺里传承的是杨春荣、杨文聪和杨青山祖孙三代的红军情。1934 年 12 月 10 日，中共鄂豫皖省委在这里召开了第十八次省委常委会议，会议做出建立鄂豫陕革命根据地的决定。就在药铺里，掌柜杨春荣救治身负重伤的红二十五军军长程子华、副军长徐海东。80 年后的今天，我的手与音乐老师杨青山的手紧紧地握在一起，他向我追述其爷爷和父亲的感人事迹，他向我介绍开辟纪念馆、免费供人参观凭吊的过程。杨青山为我拉起手风琴，高歌一曲自己创作的《歌唱咱亲人徐海东》。至今，他创作了一百多首有关红二十五军的歌曲。

之三，63 岁的红二十五军后代李向东与我话别时，他那宽厚的大手拉着我的手久久不肯放开。他不住地重复一个愿望，把他父亲和叔父的坟迁到烈士陵园或移葬到公墓里，算是对两位负伤而归的红军长辈在天之灵的一种安慰。其实，这是一个没有一点非分的要求。我对他说，还要在墓碑上刻下他们参加红军、光荣负伤等事迹。这是缅怀逝者、尊重后代、教育今人的一种方式。

之四，见到"顶着高粱花子"的国家级"非遗"项目传承人王国庆，他正在地里收玉米。独特的"手艺"居然不能养家糊口，但他仍然坚守着，他说，不能让老祖宗留下的技艺在自己手上失传。我分明看到他握了几十年刻刀的手上，还有被玉米秸剐破的痕迹。

四

我在本书中记录了延川县在永坪镇兴建的"会师广场"建设项目，但建成后却成了镇政府办公楼，而规划中的会师纪念馆"蜷缩"在大楼内百把平方米的屋子里。2012 年媒体披露此事后，至今不见相关部门回应。我在静悄悄的办公大楼内徘徊良久，在所谓的纪念馆中默默地思索这一切的缘由……

　　站在"庾家河战斗"牺牲的红军指战员墓穴群旁，我不禁想，80年前，几百位血肉之躯倒在这片山岗上，他们有红军战士，还有国民党士兵。就在距此1千米的杨家药铺，刘华清抄写了《什么是红军》的传单张贴在街头巷尾，文中指出"红军是代表穷人利益的，国民党军队是代表地主、资本家利益的。不过，国民党军队中的士兵也是穷人出身，所以红军欢迎国民党军队的士兵到红军中来"。打仗的人都是"穷人出身"。80年过去了，我们从人性角度来讲，是否可以在"庾家河战斗佚名烈士墓"旁，或较远处的树林中，建造一座不大的"国民党军人遗骨冢"？

　　而像国家级"非遗"项目传承人王国庆的境况，迫切需要政府部门和社会各界的关注和支持，保护和传承不是一句空话及一张证书能够了事的。不予以抢救性保护，"非遗"很快就会成为文物。

　　在长征路这条人文历史、自然风光的大道上徜徉，愈发感到和平的意义，生命的可贵，自然的价值。80年了，把"长征"当作一个历史事件进行讨论，是一件有必要且很有意义的事情。战争的残酷、生存的艰辛、环境的破坏，难道不值得我们反思吗？

刘瑞升

2015年8月3日于北京

第一节

江淮热土徽派胜

　　白壁黛瓦马头墙的徽派建筑驰名中外。这里有歙县、黟县、寿县、安庆、桐城、屯溪等历史文化名城；也有九华山、琅琊山、天柱山、齐云山、八公山，以及世界自然文化双遗产的黄山。丰盛厚重的自然与人文历史，让安徽拥有"何必求仙上天堂，皖山皖水竞画廊"的美誉。而红二十五军整编地——金寨，村寨座座古，民风户户纯，四季桂花香。藏在深山人未识的原生态，让"闯入者"有误进桃花源的惶惑、惊喜和兴奋。红色邮政局旧址——徐氏祠，豫东南道区苏维埃政府旧址——接善寺，红军枪弹库——石氏祠，红军医院、少共赤南县委驻地——易氏祠，以及教书育人的列宁小学等印记，成为江淮热土上红色足音铿锵的音符，徽派胜景亮丽的注脚。

第1天 北京 — 安徽合肥

9月20日（星期六）

路线：北京—1040 km—合肥

北京天气：27—16℃ 晴

合肥天气：26—17℃ 晴

今日里程：1040 km

累计里程：1040 km

宿：赛纳河畔蜀山国际大酒店

今日支出：北京到合肥车票
427.5 元，小计：427.5 元。

累计支出：427.5 元。

今天乘 G29 次高铁从北京前往合肥。13 点 35 分火车徐徐启动，由此拉开寻觅红二十五军长征足迹的序幕。

4 天前托运的自行车不知到合肥没有？坐在飞驰的列车上，我想。这辆"捷安特"自行车是 15 年前我"中华知识产权世纪行"的伙伴，风雨同行、夜宿一室，与它蛮有感情。此次携它共行，一是为了纪念——纪念 15 年前独行 9500 多千米的"壮举"，为自己喝彩；二是为了圆梦——打有记忆起，就听说红军长征的故事，80 年后的今天，去看看红二十五军长征路上的风景。合二为一，便有了这次的计划。

4 路旗

5 头盔和墨镜是必不可少的伙伴。

6 手套雨披等。

7 携带的按红二十五军长征线路详细分省的资料。

1 "狗3"——小巧轻便，功能强大，可以水下录像和摄影。骑行时固定在头盔上，或自行车的任何一个部位上进行遥控拍摄。这物件是爱女溪溪送的。

2 溪溪为此行送我的三星便携电脑——写日记、查路线、发博客全仰仗它了。

3 必备的药品和 PM2.5 口罩。

8 相机两部（佳能 EOS-TD、松下 DM-LX3）

9 挎包里装入此行洗漱用品、衣物、充电器、药品及书籍等，计 11 千克；腰包内放有手机、眼镜及记事本等 1 千克；摄影背心兜里有邮戳本及便携式电脑等 1 千克；双肩背摄影包内有一个机身一个镜头及电池等 5 千克。共计 18 千克。图为坐骑及挎包。

17点25分准点到达合肥站，合肥朋友接我入住赛纳河畔蜀山国际大酒店，巧得很，我在前年住过这里。记得当时看到楼内挂着的书画作品，都是一位叫敬亭山人写的画的，这让我想到李白"相看两不厌，只有敬亭山。"的诗句。经打听方知，作品是酒店的董事长韦国平所为。后来我们认识了。我出版的《跟着徐霞客去旅行》书名，就是韦国平先生的手笔。

我本打算与韦董事长通电话，见个面，没想到合肥友人为我请来了研究红二十五军的专家、金寨红军历史研究会副秘书长涂治炎先生，他是《红二十五军从金寨到陕北》的主编。我们聊得没完没了。一开饭，空着肚子就喝酒，一轮接一番的敬酒，我已不支。

大醉，高兴所致：计划终于成行；合肥老友聚首；意外见到研究红二十五军的专家。

大睡。深夜口干醒来，见自己横卧于床。

本来应该在晚上八九点钟电话致货物站，问寻自行车到了没有。贪杯误事啊！

1　本书作者（左）与红二十五军研究者涂治炎在金寨。

2　金寨被誉为红军故乡。从这里走出去的部队有红四方面军、红二十五军、新四军四支队。1955 — 1965 年，金寨籍人士有 59 人被授予将军军衔，其中上将 1 人，中将 8 人，少将 50 人。图为涂治炎主编《红二十五军从金寨到陕北》书影，安徽人民出版社，2009 年 11 月版。

红二十五军与陕西红军乡的故事

与金寨红军历史研究会副秘书长涂治炎先生畅谈，他提到一次外出考察，行至陕西旬阳县时的事情，我感到值得收存。下面是涂先生谈话实录：

2012 年 2 月上旬，我与几位红军研究者到四川省南江县考察，途经陕西省旬阳县时，看到道路标识牌上有金寨、双河镇字样，恍惚间以为是在安徽的金寨县呢。更让人惊奇的是，一个路牌上写着"红军乡"的字样，引起我们这些研究红军史的人的注意，于是，我们临时决定前去探访。

殊不知，红军乡的命名与红二十五军有着直接的渊源。红军乡是全国唯一以红军命名的乡镇，隶属陕西省安康市旬阳县。第二次国内革命战争时期，徐海东、程子华领导的红二十五军及红七十四师，在南秦岭山区开辟了以陕南旬阳、镇安、柞水，湖北郧西及河南淅川为中心的鄂豫陕根据地，建立了苏维埃政权。1935 年 10 月 18 日的一次战斗中，为掩护红军主力转移，特务班 14 名指战员与国民党军队的400 人激战，有"神医"之称的指导员高中宽和一名姓尚的班长牺牲。当地老百姓秘密掩埋了烈士遗体，不少老乡在家里设立牌位敬奉，尊称"红军老祖"。原来，高中宽生前曾先后为这里的 100 余名农民治过病，

1 程子华（1905-1991），山西解县（今运城）人，1926 年加入中国共产党。参加领导红二十五军长征和鄂豫皖革命根据地的创建工作。新中国成立后，历任中共山西省委书记，山西省政府主席，商业部部长，国家建委、国家计委副主任，民政部部长，第五、六届全国政协副主席。（资料照片）

2 徐海东（1900-1970），湖北黄陂徐家桥村（今属大悟县）人。曾任红二十八军军长、第二十五军军长，1935 年 9 月率部到达陕北，后任红十五军团军团长。1955 年被授予大将军衔。（资料照片）

1

2

许多濒临死亡的老乡在他的医治下得以康复，当地人称他为妙手回春的"神医"。1946年，当地农民自发筑墓竖碑，纪念这位"得道神医"。时至今日，每逢初一、十五前来祭拜者络绎不绝，祈盼"红军老祖"赐福保平安。村里人有个头疼脑热的，也来跪拜，祈求早日康复。

1978年在距"红军老祖墓"约1千米处建立了红军纪念馆，馆内有介绍当年红军革命斗争的展览，有红军烈士纪念碑一座，原红七十四师师长陈先瑞将军亲笔题写的"红军烈士永垂不朽"镌刻在碑身上。

红军乡以境内红军烈士墓而得名。1950年组建为丰积乡；1958年改称红军公社；1984年更名红军乡。

涂治炎满肚子都是红二十五军的故事，这只是其中一段而已。好在这两天我们同行，他是我在金寨考察的向导。

链接

红二十五军

来源：《中国工农红军第二十五军战史》，解放军出版社，1990年2月版

中国工农红军第二十五军，简称红二十五军。1931年10月成立于安徽六安金寨麻埠，军长旷继勋，政治委员王平章，暂辖第七十三师，师长刘英，政治委员吴焕先。

1932年秋，主力随红四方面军撤离鄂豫皖。

1932年11月30日，奉命留守的红二十五军一部编成新的红二十五军，军长吴焕先、政治委员王平章，下辖第七十四师：师长徐海东、政治委员戴季英；第七十五师：师长姚家芳、政治委员高敬亭。

1934年4月16日，红二十五军和红二十八军在商城豹子岩会师，红二十八军中编入红二十五军。军长徐海东、政治委员吴焕先，下辖第七十四师，师长梁从学、政委姚志修；第七十五师，师长丁少卿、政委高敬亭，全军共3000余人。

1934年11月11—13日，根据中央指示，红二十五军进行整编，军长程子华、政治委员吴焕先、副军长徐海东、参谋长戴季英、政治部主任郑位三、副主任郭述申、供给部部长吴维儒、军医院院长钱信忠。全军3000人。辖第二二二、二二四、二二五团和手枪团。

1934年11月16日，红二十五军从何家冲出发西进，开始长征。

1935 年 9 月 15 日，到达陕北延川永坪镇，胜利结束长征。9 月 18 日与陕北的红二十六军和红二十七军合编为中国工农红军第十五军团。军团长徐海东，政治委员程子华，副军团长刘志丹。

1937 年 8 月 25 日，红二十五军团改编为国民革命军八路军一一五师三四四旅一部，旅长徐海东，副旅长黄克诚。全旅 6200 余人。

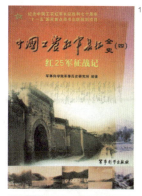

1

2

3

1 《红二十五军征战记》，军事科学出版社，2006 年 5 月版

2 《长征故事——红二十五军》，中共党史出版社，2006 年 9 月版

3 有关红二十五军的出版物

4

5

4 行前勾画一幅全程结构图，贴身收藏备用

5 提起行囊，忽然觉得应该留个影儿，由于家里光线暗，记下了一张虚幻的身影

第 2 天 合肥 — 金寨汤家汇镇 — 金寨

9月21日（星期日）

金寨天气：22—18℃ 晴

今日里程：372 km

累计里程：1412 km

宿：金寨将军大酒店 8511 室

今日支出：水果 6.5 元，小计：6.5 元。

累计：434 元。

路线：合肥—296 km—汤家汇镇—76 km—金寨

胡氏宗祠—红二十五军整编地

昨天下火车后给货物站打电话，被告知晚上八九点再询问，后来喝酒大醉大睡。好在昨晚饭前与朋友刘栋、陶平等商量，不管车子到否，今天计划不变。兵分两路前往金寨，我与刘栋和涂治炎先行，陶平和另一辆汽车等自行车到了再走。

与涂先生一路走来，他给我讲了很多红军在金寨的故事。从他的介绍中我了解了金寨的一些基本情况，金寨位于安徽、河南、湖北三省交界处，皖西的大别山腹地。这里原本没有县治，1932年9月，国民党卫立煌部进驻金家寨镇（又称金寨镇）。10月，民国政府将三省部分边区划出，设置立煌县。1947年，刘邓大军挺进大别山，建立工农民主政府，更名为金寨县。

到达金寨县汤家汇镇，办公楼前见到等候我们的年轻镇长张静辉。在会议室张镇长介绍了全镇的红色遗址，我才知道，这里有几十处红色遗址。他代表镇政府送我《汤家汇镇志》《红色汤家汇旅游资源简介》。我请他在题词簿上盖上镇政府印章，他写下如下文字：

1934年4月，红二十五军及红二十八军整编为新红二十五军。整编地：金寨县汤家汇镇。

下午，到汤家汇镇豹迹岩村胡氏宗祠参观，祠堂是鄂豫皖省委会议旧址，也是红二十五军和红二十八军会师处。

去胡氏宗祠的山路正在修建中，不时还要下车步行一段。拐

1　1934年4月16日，红二十五军与红二十八军会合，两军合编为新的红二十五军。图为两军会师地——汤家汇豹迹岩胡氏宗祠（资料照片）

2　今日胡氏宗祠外貌

1　三进院落的胡氏宗祠

2　引人注目的是山墙上的标语："活捉匪首刘镇华""坚决恢复皖西北的苏区！"等，据说仍是红军当年书写的。

3　几位陪同我考察的朋友在胡氏宗祠前留影。

4　涂治炎在胡氏宗祠前介绍红二十五军情况。

1　2006年5月，红二十五军和红二十八军合编地旧址胡氏宗祠被国务院公布为全国重点文物保护单位。

2　胡氏宗祠全貌（资料照片）

过一道山梁，一座黛瓦灰墙的徽派建筑出现在远处山坳中。涂治炎不顾车子的颠簸向我介绍开来，他说，胡氏宗祠建于清宣统元年，目前宗祠是三进13间，两侧的房屋多已损毁。但从保存较为完整的正厅三进来看，其建筑形式庄重气派，规格也比较高。1934年4月16日，红二十五军和红二十八军在胡氏宗祠会师，次日，根据鄂豫皖省委的决定，将二十五军和二十八军合编为新的红二十五军，军长徐海东、政治委员吴焕先、政治部主任郭述申，下辖两个师，全军3000人。

涂治炎不愧是红二十五军研究者，时间地点人物倒背如流。

在祠堂门口，竖立着全国重点文物保护单位的石碑。拾阶而上，但见门两边有一对雕刻精细的圆形石鼓。祠堂院内有两棵桂花树，不甚粗，我估摸它们不一定能见证80年前那段历史。三进院落的房间紧凑高敞，没有什么太大的空间。给我印象最深的是与正厅相偎依的一座正方形的亭台，又似一座小戏台，三面临水，致使进入大门后，需要绕道两侧才能进入正厅，给不大的空间增加了层次感，这也许是建造者有意为之。不知此地的祠堂是否都是这种建筑格局？亭台柱头是木雕狮子滚绣球。让我惊奇的是横板上怎么还有二龙戏珠的浮雕？而类似藻井的木质亭顶，竟然雕刻着一条腾云驾雾、俯视众生的神龙。我不禁想，龙乃皇权之象征，怎在这里被平头百姓随随便便弄到自家祠堂来？莫非被那句"天高皇帝远"说中了？

刘镇华何许人也？陪同我们的镇政府的同志介绍说，刘镇华是当

1　国民党豫鄂皖三省边区"剿匪"总指挥刘镇华。

2　2010年出版的《纪念徐海东大将诞辰110周年》画册。

时的安徽省省长。为了消灭大别山的红军，蒋介石亲自担任大别山"剿共"总司令，蒋任命刘镇华为"剿共"总指挥。刘实行"清乡并村"等野蛮政策，祸害百姓，枪杀红军。

在祠堂内，我还听说今年7月，徐海东的女儿徐文慧曾来这里参观。徐文慧是北京开国元勋文化促进会会长。开国元勋文化促进会？还有用"开国元勋"的名头做协会的呢，我很是好奇。并想等回京后拜访一下徐文慧。我曾在潘家园旧书市场买过一本《纪念徐海东大将诞辰110周年》的画册，是徐海东的儿子徐文伯签名送给一个叫孔丹的。通过画册，我了解到徐海东一家的情况。

3　1931年10月，红二十五军在金寨县麻埠镇成立。图为皖西苏区首府麻埠全貌图（资料照片）。

4　中国工农红军第二十五军军旗。

5　红二十五军成立盛况图（油画）。

教书育人八十载的列宁小学

从胡氏祠出来,我们前往列宁小学。

坐在车上,我打开张静辉镇长送我的《汤家汇镇志》,翻到"列宁小学"的文字介绍:"赤城县六区一乡列宁小学校遗址,位于汤家汇镇瓦屋基小街以东 200 米处。民国十九年(1930 年)春,中共商城县委和红三十二师在瓦屋基周家庄园创办的苏区第一所小学。当时学校开设六个班,学生 180 余人,校长由苏维埃主席、共产党员周德谦兼任,教师四人,兼职教师五人。校舍 30 间。……红军长征后,国民党军队将列宁小学烧毁,几十间校舍只剩下门楼两边六间房屋。程德新老人将门楼上方放上杂物,使得校匾完整保护下来。至今当年王耀芝、晏宇宙老师合写的'六区一乡列宁小学校'的校匾丝毫未损,

几年前在距旧址 50 米处建造了新校舍。图为列宁小学校门口。

1 列宁小学校匾

2 列宁小学旧址入口

3 旧址内柏树

4 正在维修的旧址门楼及配房

保存完好。2006 年 5 月被批准为国家级文物保护单位。"

来到学校旧址前，但见在几棵柏树簇拥下的列宁小学正进行维修，脚手架上下有工人在忙碌着。所谓"校匾"是写在大门石质横梁上方墙壁上的，白底黑字，用纹样勾勒出四框，远看确像一块匾额。

进入大门，一棵几近挨着门楼房檐的圆柏，枝叶繁茂直指苍天。接待我们的年轻老师说，这树胸径1.2米，高13.2米，已经200多岁了，它见证了列宁小学的历史。院内偏房，是一个陈旧不堪的展室，从模糊的展板上，能够看到学校的发展历史。

来这里之前，我在家做了些"功课"，在查找与列宁小学有关资料时，无意间看到 2012 年合肥电视台一个叫《庐州人家》的栏目，播放的《金寨县列宁小学的一天》专题片，该片展示了从清晨学生们翻山涉水来上学，到万籁俱静的深夜，忙碌一天的老师们仍然在灯下备课、批改作业的情景，还有大山里的列宁小学自带干粮的学生、收入低微的老师的生活。

20位老师，大多是30岁以下的年轻人，为了500余名学生，他们坚守着，他们的意志和情怀让人佩服。韩雪梅，1986年出生，2009年考上了特岗教师，被分配到这里，到2012年期满可返回城里工作，但她选择了留下。刘平娟、马超两位85后女孩，从合肥师范学院毕业后，一同来到这里工作。

记得看这部片子时，我好是感动，学校没有锅炉，只能用柴锅烧水给孩子们喝，几年前用水都十分紧张，有时候还不能正常供电。烤火、热水袋是老师们冬天的取暖方式。老师能够在这里坚守，可能有这样那样的原因，不管什么因由，都是值得尊敬的。

据统计，从列宁小学毕业的学生中，有260多人上了大学，其中18人获得博士以上学历。而20世纪30年代从列宁小学走出去的学生中，有5位成为新中国第一代的将军，他们是邓忠仁、程明、陈培毅、吴作启和周纯麟。

可惜，今天是周日，本想采访几位老师的计划落空，想拍几幅学生们的照片也未能如愿，原定接待我们的学校负责人也临时有事。虽然如此，但我仍认为不虚此行。

在汤家汇，我们还到镇上的徐氏祠——赤城县邮政局参观。徐氏祠为清代建筑。第二次国内革命战争期间，它是赤城县邮政局所在地，主要担负鄂豫皖苏区红军的通信工作，同时还秘密为20多个地下组织传递信函。

汤家汇保存的革命遗迹还有：豫东南道区苏维埃政府旧址——接善寺，红军枪弹库——石氏祠，赤城县政治保卫局——姚氏祠，红军医院、少共赤南县委驻地——易氏祠，中共商南县委、商城中心县委驻地——何氏祠，其中多处是国家级或省级重点文物保护单位。

赤城县邮政局旧址

全国第一所希望小学在金寨

早在 1 年前，我把金寨作为走红二十五军之路起点的事告诉合肥的朋友陶平，他高兴地说："你算是找对了人，刘栋在金寨挂职第三个年头，熟得很呐。"刘栋是安徽省知识产权局副局长。后来在一次会议上见面，我告诉他，我计划在金寨待一天，一是访问一两个红二十五军的遗址，二是走访一个希望小学，三是看看"非遗"什么的。刘栋说，红色遗址在金寨你三天三夜都看不完，一天肯定不够。我说，这次活动仅有一个月的时间，在一个地方不能"恋战"。更重要的原因是，我不打算把此行写成一部红军和国民党军血腥战斗的回忆录，而是以红二十五军长征路线、遗址、事件为线索，以我所听、所看、所搜集的材料为基础，记录 80 年来在这片土地上生活的人们，他们的经历、他们的悲欢、他们的希望。我还告诉刘栋，由于时间紧，又非官方行为，且人生地不熟，这个计划不一定能够完全实现，但我要试一试。我打趣地说，金寨是此行唯一的半官方行为——因为有你这层关系。

刘栋告诉我，他在金寨挂职时，亲自建立了一所希望小学。我当即表示一定去看看。他说，一天的行程，还要看红二十五军的遗迹，大多数遗址是在的山村里，路不一定好走。待他与金寨方面商量一

1　全国第一所希望小学诞生在金寨。徐向前于 1990 年 4 月题写的"金寨县希望小学"几个铜字，镶嵌在枣红色大理石上。

2　图为金寨县希望小学教学大楼。

1

2

下路线，再最后确定。他表示一定会让我满意的。这不，昨晚见到红二十五军研究专家涂治炎，就是刘栋安排的，对我来说可谓意外的收获。

让刘栋言中了，胡氏宗祠与他当年筹资建立的希望小学背道而驰，路况也不好，只能割爱。刘栋说，金寨有全国第一所希望小学，是 1990 年 2 月，时任团中央书记处书记的李克强来选的校址。我听后连连称好，真不知道全国第一所希望小学在这里。我认为是额外的收获。

脑海里勾勒出这"中国第一"一定很像模像样，但是没想到一所县级小学竟如此气派——仅大楼的外部就震撼了我，内部设施好到什么程度我缺乏想象力。同样是周日的缘故，学校进不去，我们只能站在大门口欣赏其外观。

近 25 年来，全国希望工程已累计募款逾百亿元，先后建起 18396 所希望小学，资助贫寒学子 495 万名。截止到 2014 年 9 月，安徽省共筹集希望工程资金 4.58 亿余元，资助贫困学生 22 万余名，援建希望学校 810 多所，援建希望厨房 60 余个，向希望小学捐赠希望书库 387 套，配备希望工程快乐体育园地 120 个，援建希望网校 1 所，配备希望工程数字电影院 10 套。金寨县希望小学 25 年来培养了 6175 名贫困孩子。

金寨县革命博物馆坐落在梅山镇红军村，1983 年 4 月底建成，占地面积 8300 平方米，馆内陈列文物 400 余件，图片 470 余幅及绘画图表雕塑等。馆内陈列着各个时期牺牲的 140 名县团级以上和著名烈士的画像和事迹，还有全县各乡镇 11000 多名烈士名录。

1　序厅大型浮雕及邓小平题写的馆名

2　展厅一角

3　历任红二十五军军长塑像（左起）旷继勋（1895-1933）、蔡申熙（1906-1932）、吴焕先（1907-1935 年）、徐海东（1900-1970 年）

第二节
中原大地
豫南情

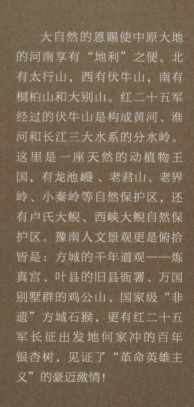

　　大自然的恩赐使中原大地的河南享有"地利"之便。北有太行山，西有伏牛山，南有桐柏山和大别山。红二十五军经过的伏牛山是构成黄河、淮河和长江三大水系的分水岭。这里是一座天然的动植物王国，有龙池嫚、老君山、老界岭、小秦岭等自然保护区，还有卢氏大鲵、西峡大鲵自然保护区。豫南人文景观更是俯拾皆是：方城的千年道观——炼真宫、叶县的旧县衙署、万国别墅群的鸡公山、国家级"非遗"方城石猴，更有红二十五军长征出发地何家冲的百年银杏树，见证了"革命英雄主义"的豪迈激情！

第3天 金寨—河南新县箭厂河乡（闵氏宗祠）—罗山县

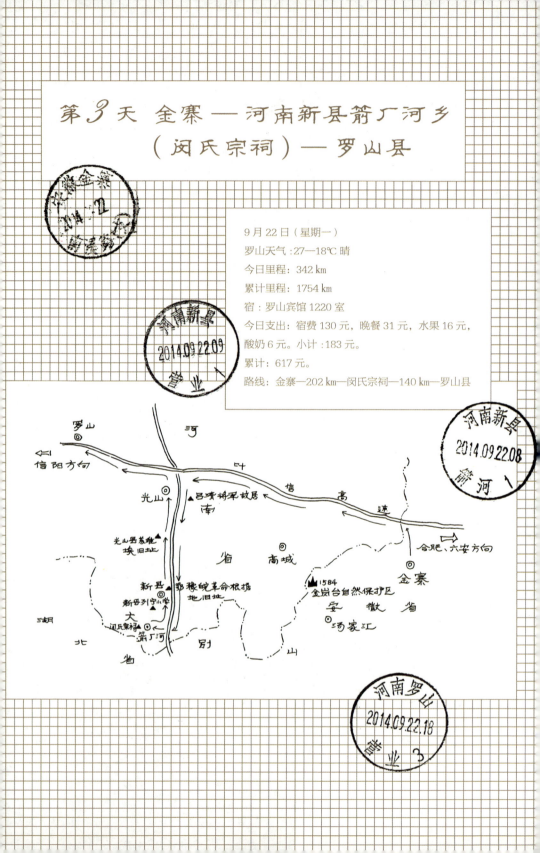

9月22日（星期一）

罗山天气：27—18℃ 晴

今日里程：342 km

累计里程：1754 km

宿：罗山宾馆1220室

今日支出：宿费130元，晚餐31元，水果16元，酸奶6元。小计：183元。

累计：617元。

路线：金寨—202 km—闵氏宗祠—140 km—罗山县

清早醒来，一股桂花的香味从窗缝溜进屋，让我立即精神起来。推开窗户，楼下桂树在微风中摇曳，好像在向我招手问好。

记得昨天傍晚，我们一行人进入金寨县县城，汽车停在将军大酒店门前，打开车门的瞬间，一阵桂花香迎面扑来。马路两侧一字排开着盛开的桂树。我自认为比较了解中国几座桂花名城，比如杭州、苏州、桂林、咸宁等，它们都是以桂花为市花的，其中咸宁更有"中国桂花之乡"之美誉。没想到金寨的桂花竟是如此的迷人，不禁赞叹起来。身旁的陶平问我，难道你不知道歌曲《八月桂花遍地开》就是从这里唱遍全国的？我笑答，不瞒你说，我是在纪念馆看到介绍后才知道的。

据说，1929年，为了庆祝新建立的苏维埃政权，金寨县佛堂坳模范小学校长、共产党员罗银青创作了《八月桂花遍地开》。

关于此歌是谁写的，也有不同说法，湖北的红安县、河南的商城县和新县都说这首歌曲诞生在自己那里。不管作者是谁，《八月桂花遍地开》产生在是鄂豫皖革命根据地，是鄂豫皖地区大别山民歌，这是它的曲调确定的，是根据当地的民歌《八段锦》填词改编而成。经过改编的这首歌，曲调欢快明朗，兴高采烈，歌词激情澎湃，豪迈大气！

罗银青（1894—1952），金寨县斑竹园镇沙堰人，又名罗银卿。他擅长诗词歌赋，是当地有名的才子。1926年春入武昌中央农民讲习所，曾聆听毛泽东、恽代英、萧楚女等人讲课，同年加入中国共产党。结业后，根据党组织指示，回乡在沙堰洪觉庵办私塾，以教书为掩护进行革命活动，发展党员15人。立夏节起义后，任佛堂坳模范小学校长，创作《八月桂花遍地开》歌词。1932年9月，红四方面军西进川陕，罗银青留下坚持斗争，因保长告密而被捕。敌人严刑拷打，他坚贞不屈，后经地方绅士保释出狱。新中国成立后，在党和政府的关怀下，罗银青在家安度晚年，1952年病逝。留有大量诗词文章。

罗银青（资料照片）

2013 年 3 月 31 日，金寨县正式确定《八月桂花遍地开》为县歌，桂花树为县树。

盛开的桂花。

链接

《八月桂花遍地开》歌词

八月桂花遍地开，
鲜红的旗帜竖呀竖起来，
张灯又结彩呀，
张灯又结彩呀，
光辉灿烂闪出新世界。
红军队伍真威风，
百战百胜最英勇。
活捉张辉瓒呀，
打垮罗卓英呀，

粉碎了蒋贼的大围攻，
一杆红旗飘在空中，
军队伍要扩充。
保卫工农新政权，
带领群众闹革命，
红色战士最光荣。
亲爱的工友们哪亲爱的工友们哪，
拿起刀枪都来当红军，
拿起刀枪都来当红军。

寂静中的闵氏宗祠

今天目标是河南新县箭厂河乡的闵氏宗祠，该祠堂曾做过红二十五军司令部，如果顺路的话，到箭厂河乡的列宁小学看看。重点方湾村闵氏祠堂，今晚住到罗山县。从地图上看估计得有三百四五十千米。

早8时盖金寨日戳后启程。出金寨，上G42再转入G40，到光山县入G45新县方向。到达新县箭厂河乡约210千米。

我在百度地图上输入"方湾村"三个字，找不到，也没有路牌，车载导航也没戏。这可急坏我等一行人，合肥朋友今天要返回，他们还有几百千米的路要赶。

以我的经验，到邮局打探路线比较靠谱。在箭厂河乡邮局，我向年轻的营业员询问列宁小学和方湾村闵氏祠堂。他说，列宁小学就在不远处，闵氏宗祠不太清楚。邮局墙上有一幅箭厂河乡地图，有一个"方湾村"。他一边耐心帮我在他的手机上查，一边对我说，他时常给远道而来的游人盖日戳，好是羡慕。他早就有一个想法，远行一次，可惜一直脱不开身。他在手机上找不到方湾村，确有一个"方塆村"。为了不出差错，他又领我询问隔壁一位老乡邮员，得到肯定答复是方塆村，不是方湾村。

我俩聊了一会儿，我希望他早日实现自己的梦想，并给他一个电话，说，如果去北京，一定与我联系。

1　1926年秋，箭厂河农民运动兴起，吴焕先等党的领导人，选派共产党员吴立子和进步知识分子刘雅亭，创办了一所"中山小学"。1930年更名为列宁小学。分3个班，学生130多人，直属县苏维埃领导。

2　箭厂河列宁小学创建之初设在吴氏祠堂，祠堂始建于清同治年间，坐东向西，青砖灰瓦，两排10间，占地813平方米。图为1974年在新址修建的列宁小学。

1

2

中午时分，学生们三三两两聚在一起用餐。图为正在吃饭的三位小学生。

新县列宁小学位于箭厂河街南头。中午时分，校门无人看守。我还担心像北京之类的城市，有保安值守盘问。校内有不少离家远的学生三五一群地聚在一起，吃着自带的干粮。我看到一个男孩，手里捧着一个纸盒，里面是刚刚从校外小摊上买的类似酸辣粉样的小吃。我问他这就是中午饭吗？他点点头。这时又有两个学生凑过来，其中一个学生拿着一个不锈钢饭盒。听说要为他们拍照片，三个孩子愉快地站成一排。我向他们打听老的列宁小学，他们回身指着校内远处灰色的高墙，我看到在墙的顶端露出的房脊。原来，要参观省级文物保护单位的"列宁小学"，即当年的吴氏祠堂，要从列宁小学出去，沿着街道绕到那边的院子。由于时间关系，我们没有前去。

坐上车，我抱着试试看的心态，在百度地图上输入"方塆村"3个字，没想到还真搜到了这地方，地图显示是一条无名的路通向那里。关键时刻"百度"给力，赞它一下。

在窄窄的、岔路横出的村路上，听从电子地图的指挥，来到方塆村，地图显示从列宁小学到方塆村整整7千米。在村后的树林中，我们看到了一座灰色的建筑——闵氏祠堂。房屋是修缮过的，山墙上红军用白灰水书写的标语很是清晰。

估计好久没有人到这里来了，条石门槛上有薄薄一层浮土，通过铜锁锁着的门缝，看到院内有一个方桌，墙上挂着一块蓝布，布上别着马克思和列宁的画像。资料显示，1933年7月，红二十五军军部设在这里，而红二十五军是路过还是住了几天，干了什么，没有下文。本想打听这祠堂的历史，四下观看，除了群山和很多的杂树外，还有一条土路从祠堂门前伸向山里，且从这里开始变窄了，没有村民从这里经过。祠堂前的老枫树和不远处几棵碗口粗的柏树，格外引人注目，估计它们能见证 80 多年前这里发生的事情。

　　坐在返程的车上，同行的朋友说，这回知道了记者的执着，一路打听四五次，就为这么几间房。另一个朋友对我说，大概每到红军长征纪念日会热闹一阵子，平日里，只有你这么任性的人才找上门来。我说，如果不是为了你们今天还要赶回合肥，我就会进村找个年岁大的人，请他在祠堂门口讲讲他了解的情况。朋友说，你这样的人太少了。我们大家相视而笑。

　　在新县县城吃了午饭，我们马不停蹄地赶到罗山县，时间是下午 3 点 40 分，与合肥朋友握手告别，感谢他们这两天的支持，使我在明天进入何家冲——红二十五军长征出发地之前，就其在金寨整编的情况有个简要了解。这两天的考察可谓本次活动的序曲。

　　明天计划从罗山县骑车到何家冲，大概七八十千米，卫星地图显示仅有最后几千米是山路。

　　晚饭德克士快餐。

1　陪同我的安徽朋友陶平（中）、王晶晶（右）等在闵氏祠堂前。

2　红二十五军司令部旧址位于箭厂河乡东南方湾村（应为"方塆村"——本书作者注）闵山的闵氏祠堂，坐北向南，背靠太平寨。墙上有"为保障秋收秋耕，坚决扩大二十五军打破敌人的新进攻"和"十月革命指示了中国工农群众的一条出路"等标语，是当时军政治部主任郑位三同志亲笔书写的。现为省级文物保护单位。

3　闵氏祠堂建成于咸丰六年（1856 年），东西宽 18 米，南北长 21 米。布局为前后两排，每排5 间，东西各有两间耳房，院内地面用条石砌成，散水流向中间，成为"四水归池"。

第 4 天 罗山县 — 铁铺乡何家冲 — 鸡公山

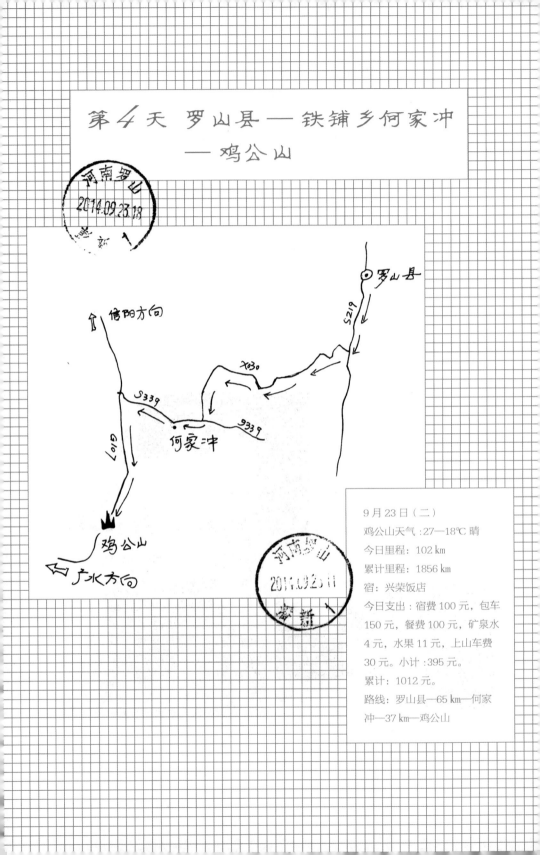

9 月 23 日（二）

鸡公山天气 :27—18℃ 晴

今日里程: 102 km

累计里程: 1856 km

宿: 兴荣饭店

今日支出: 宿费 100 元，包车 150 元，餐费 100 元，矿泉水 4 元，水果 11 元，上山车费 30 元。小计 :395 元。

累计: 1012 元。

路线: 罗山县—65 km—何家冲—37 km—鸡公山

骑车前往何家冲

今天骑车到铁铺乡何家冲。6点起床，7点出发。天气晴朗，正是农民收获稻谷的季节。经过的村镇桂花飘香。走S219，在田家垮转入X030、S339，多是县道或乡道，总的来说路况不错。过了10点以后，太阳火爆，眼看着胳膊黑了，还火辣辣得疼。多亏带了防晒霜。60多千米骑了5个小时才到铁铺乡。

何家冲是红二十五军长征始发地。参观者不多，入口破旧，无人把守，其实不必弄入口，公路旁有好几条路都能进村。我估计入口仅是为纪念日统计人数用的。后来与一个从郑州来的游客聊起来，他说，这里曾经是收门票的，前两年国家要求红色景点免费开放，于是就没人看守了。

据资料显示，何家冲处于豫鄂两省交界的大别山区，是河南省罗山县铁铺乡的一个行政村，中国工农红军长征四个出发地之一。1934年11月16日，红二十五军从这里开始长征。我来到何氏祠，祠堂没有工作人员，自行车和行李放在门外，心里总是不踏实。只能匆匆看看陈列的图片、实物，还有文字介绍。尔后寻找著名的银杏树——红二十五军长征启程地，银杏树是何家冲另一个亮点。银杏树很高，远远就能看到其金黄色的叶子，树前有红二十五军启程时的浮雕，当年，红二十五军近3000名将士在此树下集合、动员、出发的。

红军医院的建筑更具地方特色，且是由一大片房子组成。可惜不能进去。整个村子新老住宅都有，还有不少的二层小楼，街道很干净。这里还有红军井等景观。

1 何氏祠（资料照片）

2 在何氏祠内，当年红二十五军的警卫室、政治部、参谋部等机关都在这里。程子华、徐海东、吴焕先等红二十五军首长住过的房间，都按原样进行了修复保护。图为今日何氏祠外貌。

1

2

"红二十五军军部旧址"的何氏祠已有400多年的历史，占地约400平方米。祠堂前后两栋各有5间，两边还有厢房，如今作为红二十五军长征纪念馆的展厅。

附录　红二十五军长征出发地何家冲（节选）

来源：中新网河南新闻网信阳频道　2011-8-3　作者：周海燕

中新河南网信阳8月3日电　在何家冲红二十五军医院旧址，当年红二十五军支前队员、如今已87岁的何国忠老人动情地说，这里是何氏宗族的发源地，后人一直不舍得居住，但我们却自愿提供给红军做医院。因为红军是为我们穷人打天下的，是我们自己的队伍。

"说也怪，红军长征走时，村里鸡不叫，狗不咬，像家人出门一样。"在村头的老银杏树下，何国忠老人沉浸在70多年前的回忆里："红军刚走，银杏树便被雷电劈成两半，树干烧得漆黑。人们以为这棵树会死，谁知1年后红军长征胜利，树干中间又长出了新枝。"

如今的何家冲已是豫南山区的"明星村"，全村1241人，户户住新房，组组通公路，家家有电视机、电话、电脑，并通上了自来水。今天，罗山县的综合经济实力在全省的排位中，3年时间跃升了13个位次。

1　1934 年 11 月 16 日，红二十五军就在这棵银杏树下，结集誓师后出发西进长征。

2　银杏树前的浮雕墙，讲述了红军开始长征的故事。树上布满了密密麻麻的果实，煞是好看，很多成熟的银杏果掉在地上。据说这棵银杏树已有 800 余岁了。

脑瓜儿"活泛"的面的司机

返回 S339 路口，已经下午 2 点 40 分，查看地图到鸡公山不到 40 千米，但都是山路，决定包一辆面包车前往。这时感到肚子空了，想起还没有吃午饭呢。在街边的小店里买了一盒方便面，顺便询问包车的费用。卖东西的女人用开水给我冲着方便面，说，估计得 200 块吧。她走到柜台外，向不远处一堆玩牌的男人喊了一声，一位看牌的中年男子走了过来。得知去处后他说，150 块。又补充道，按常规 200 块。我同意了。

司机麻利地把自行车装上了面的，一脚油门便上路了。山路不宽，没什么车。我坐在副驾上打量这辆已经很旧了的车，车内收拾得很干净。司机姓柳，很健谈，47 岁，有二女一男。我说，儿子肯定是最小的。他疑惑地问我怎么猜的。我说，大凡有三个孩子的，都是因为前两个是女孩的缘故。他告诉我，儿子今年 8 岁，大女儿 17 岁，在县最好的学校读高中，明年考大学。

我问他，怎么与很多家长不同，女孩读到初中就不上了，在家或打几年工，然后找个男人就嫁了。你却让她考大学？他说："标杆啊！"他解释，如果只把心思放在男孩身上作用不大，只要两个姐姐都考上了大学，儿子必然跟着学，这就是榜样的力量。我夸他有思想，知道什么叫言教不如身教，在潜移默化中培养儿子。他得意地"嘿嘿"笑，说，自己和老婆读过一些书，比起同村的同龄人干事就活泛。我询问，你的邻居等人怎么看呢？他一边给小面加着挡一边不屑地说，他们哪懂得我的抱负。多数认为花这么多的钱培养俩闺女不值，最后人是别人家的。

柳姓司机和他老婆原来都是供销社职工，他还当过兵，很早以前就下岗了。脑瓜活泛的夫妇俩，一个开面的，一个做服装生意。如今日子过得红红火火。他说，在农村，孩子有出息的唯一选择，就是读书上大学。

我问他红二十五军的事，他说，细的不太了解，只知道是从这里开始长征的。还有就是每到纪念的日子，来很多人。这几年搞红色旅游，来了不少的游客，他美滋滋地说，我们拉活的生意不错，要感谢当年的红军啊。接着他问我，你说，红军当年闹革命，为了老百姓能过上好日子，也就是有田种，有房住，他们万万想不到，面的司机有活拉。没等我回答，他自己先笑了起来。

我有意提到包车 150 块的事，问他为何不要 200 块？他说他看我骑着自行车，如果不优惠的话，可能就自己骑着走了，去年他就遇到过。今天游客不多、时间也晚了，不会再有活了。少赚点总比没的赚好。通过这件小事，就能看出柳姓司机的"活泛"劲儿。

一路聊着，不知不觉就到了鸡公山大门口。司机帮我向门卫询问山上住宿情况。门卫喊来他的一个同事，原来这个中年人在山上开有旅店，他的媳妇在店里。自行车可以免费放在门房。于是，我向柳姓司机道别，他感谢我一路与他谈天说地。其实，说谢谢的应当是我，他让我了解了不少老百姓的生活。

1　何家冲墙上的标语，很是耐人寻味。

2　一个腰间别着镰刀的农民向村里走去。

链 接

中国工农红军长征四个出发地

参加长征的红军，按出发时间顺序，有红一方面军、红二十五军、红四方面军和红二、红六军团。中央红军长征的开始时间，说法不一，普遍认为是 1934 年 10 月 10 日，即中共中央、中央政府和中革军委的撤离地，当时中华苏维埃共和国的首都瑞金，作为中央红军长征出发地比较妥当。

第二支踏上长征的红军是红二十五军。是 1934 年 11 月 16 日，从河南省罗山县何家冲出发的。

红四方面军开始长征是从 1935 年 5 月初撤出彰明、中坝、青川、平武等地，分路向岷江地区西进时算起。

1935 年 11 月 19 日，红二、红六军团撤离湘鄂川黔苏区开始长征。

1

1　红军医院旧址。

2

2　何家冲，红二十五军长征起始地。

3

3　如今何家冲村卫生室。

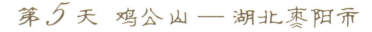

第5天 鸡公山—湖北枣阳市

9 月 24 日（星期三）

枣阳天气：27—18℃ 晴

今日里程：200 km

累计里程：2056 km

宿：枣阳国际大酒店 1011 室

今日支出：矿泉水 4 元。小计：4 元。

累计：1016 元。

路线：鸡公山—200 km—湖北枣阳市

清凉伴墅居 闻香识百草

"清凉伴墅居，闻香识百草"，这个小标题基本概括了鸡公山的面貌。来鸡公山前，我匆匆做了点功课，得知鸡公山是避暑胜地、众国别墅博览苑、中草药"王国"。

鸡公山与庐山、北戴河、莫干山并称中国四大避暑胜地。避暑就要有住的地方，别墅应运而生，这里曾有几百幢、多国别的别墅，号称"万国建筑博览会"。

鸡公山是中国南北方植物集结地。这里是南亚热带与北暖温带的过渡地带，植被覆盖率高达87%。有各类植物2000多种，其中中草药有600多种，《本草纲目》作者李时珍曾经千里迢迢踏访鸡公山。李家寨是信阳毛尖的发源地，在李家寨的大茶沟，还可以看到数株唐宋时遗留的茶树。

清晨的鸡公山一片寂静，大概不是什么黄金周的缘故，游人寥寥，我住宿的客栈有十几个房间，就我一个人住。"清凉伴墅居"的"清凉"，在山上领略了，湿润的空气，凉爽的温度。"乔松艳草，幽袭人裾"，徐霞客的话不是描写鸡公山，但用在这里很是贴切。我住宿的是农家客栈，不能体验别墅的舒适感觉，但客栈旁边有几幢20世纪二三十年代建造的别墅，庄重大气。可是如今空空也，很是寥落，当年的豪华气派只能通过想象来实现了。

鸡公山顶峰上"天下第一鸡"石刻。

"闻香识百草"，对我这个植物盲来说可谓对牛弹琴。没有比较专业的人士带领辨识，就算艳草长在身旁，我也未必识得。以"闻香识百草"为题，仅是给欲来鸡公山的朋友一个提示，这里香草遍地呦。

鸡公山，故名词义与公鸡有关了，资料显示：海拔744米的主峰名叫报晓峰，远望犹如一只

鸡公山顶峰，传说此石酷似一只雄鸡，故名。

昂首向天、引颈报晓的雄鸡，峰名和山名俱是由此而来。当我站在报晓峰上，不管我如何发挥想象力，也看不出是鸡的模样，不知是我太没有想象力，还是古人太有想象力了，或是那么多的人一经提示就有了想象力。顶峰的石鸡——"名实（石）不符"。

鸡公山的景色着实不错，林深树茂，空气清新。在山上转了一圈，我倒是觉得人文景观是值得记一笔的。比如别墅，以及由这些别墅派生出的人与人的故事很有趣的。

鸡公山别墅之祖当属挪威人李立生（1853-1926年），李1890年到中国汉口，1902年到信阳传播基督教，当年10月21日首次踏勘鸡公山，对这里的青山绿水赞不绝口。转年的秋天，他在鸡公山购地建房。随之，不少老外也在此大兴土木。他们称鸡公山为"Kikungshan"。到1905年，山上建有英、美、法、俄、日各国样式房屋27处。1925年 *Kikungshan* 一书在西方出版，气候凉爽、林幽泉清的鸡公山美名远播，许多难耐武汉夏季炎热的外国人纷至沓来。今天有公路通达山上各个景点，当年上山是没有大路的。

仅仅二三十年的时间，鸡公山就火得不得了。1935年夏季来避暑的外国人就达到2200多人。据资料载，当时鸡公山有别墅500余幢，教堂2座，学校6所，医院、邮政、电报电话局各1处，网球场14个，游泳池5个，并汇集发达国家银行、商号30多家。

那时候，能够在鸡公山购地造屋，证明是社会名流。于是，这个万国建筑博览苑内增添了不少中国的身影。现存的109栋别墅中，其中有40栋是中国人出资兴建的。

距我住宿的客栈不远处，有一栋名叫"颐庐"的别墅，被人们赞称为"志气楼"。昨天，我匆匆吃过晚饭便前往探访。铭牌上这样介绍说，颐庐是直系军阀吴佩孚部十四师师长靳云鹗（1881—1935年）

1 颐庐

2 颐庐介绍铭牌

3 颐庐石栏

于 1921—1923 年建。"靳来到山上，目睹鳞次栉比的洋人别墅，愤愤不平。决心建造颐庐，此楼在众多别墅中犹如'鹤立鸡群'，压倒了各国建筑，为念靳的民族气节，众称志气楼"。

据史料记载此别墅全部采用花岗岩料建造，总计四层，建筑面积 1274 平方米的颐庐竣工后，北京及各地军阀纷纷发来贺电；武汉军界还专门组织有头有脸的人物前来祝贺；社会各界名流也受邀参加落成典礼，大家夸赞颐庐在洋别墅遍布的鸡公山上势压群雄，大长了中国人志气，大灭了外国人威风！"志气楼"的称呼不胫而走。

话说到这里，不能不提靳云鹗的上司吴佩孚，我曾在百度上搜到董必武评价吴的一段话，说"吴佩孚做官几十年，有过几省地盘，带过几十万大兵，他没有积蓄，也没有田产，相比与同时军阀腰缠千百万，总算难能可贵。"不知是否为原话，仅供参考。1924 年 9 月 8 日，吴佩孚成为美国《时代》的封面人物，被《时代》杂志称为"Biggest man in China"（第一个登上《时代周刊》的中国人——吴佩孚）

而介绍靳云鹗的文字大多都有"幼贫"二字，按其出生 1881 年到他建颐庐时的 1921 年，时年 40 岁，靳已是腰缠万贯了，我没有探究其巨额财产的来源。如果这些钱的来路不够明了，那"志气楼"到底是长了中国人的哪门子"志气"？又灭了外国人的什么"威风"？

美龄舞厅与中正防空洞

　　舞厅与防空洞，一个是歌舞升平的场所，一个是战争的代名词，同一时空存在于鸡公山，同为抗日战争服务。蒋介石夫妇在这里上演了哪些戏剧？ 1938年至今，70余年间，又有怎样一些故事在此延续？

　　美龄舞厅是1918年英国华昌银行建造，12开间，建筑面积396平方米。宋美龄在鸡公山期间，经常在此与外国人联谊聚会，故称美龄舞厅。目前内部陈设是按照其原来旧貌修复，还以一些老照片展示当时的情景。

　　我在这处并不显眼的平房里转了一圈，以现今的眼光，实属简朴得很。我猜想，即便以当时的标准评判或与鸡公山上众多别墅内的舞厅相比，没有豪华可言。来之前翻看了一些材料，大多对美龄舞厅持否定意见，比如有这样一种说法：1937年和1938年蒋介石偕同宋美龄两次上山，当时国破家亡、山河破碎，然而这里却歌舞升平，真可谓"炮火动地血殷红，天上仙阙舞步轻。人似黄鹤杳不返，如今只落主人名"。

　　其实，任何事情的发生和发展，都离不开当时的社会形态。抗日

宋美龄在鸡公山期间，经常在这个很不起眼的平房里与外国友人联谊聚会，故称美龄舞厅。

战争时期，中国在政治、科技及综合国力等方面都落后于日本，寻求西方各国的支持与帮助是必要的。在什么场合、以什么方式与洋人打交道呢，确是要有智慧的。以舞会友，实属与西方人打交道的一种方式之一，就似某些国人以美酒以大餐以洗浴以按摩为手段，解决问题一样。老外喜欢舞会、音乐、咖啡，投其所好，未尝不可。特别是宋美龄曾留学美国，与西方人打交道有着得天独厚的优势。有资料显示，"第一夫人"宋美龄在鸡公山期间，美龄舞厅成了中国与西方国家联络的一个重要场所，陈纳德、史迪威在美龄舞厅与蒋介石会晤。

1

1 如今的花旗楼已成为游客装扮成国军将领拍照留影之地。

2 花旗楼二层内景

3 花旗楼，蒋介石的行营，1938年蒋曾在此主持"中原会议"，部署武汉外围对日作战。

2

3

看过美龄舞厅后，来到中正防空洞，这防空洞的入口设在一座小楼内，楼名为"花旗楼"。资料上说，花旗楼原为英国汇丰银行老板潘尔恩于1918年所建，后转让给美国花旗银行武汉分行，因此得名。防空洞是借助此楼而建。1937年，国民政府军事委员会武汉行营将此楼征用，作为蒋介石的临时行营。花旗楼背山面崖，地势险要，易守难攻，但在危急之时，脱逃也不容易，若遇空袭也很危险，于是，在花旗楼里修建了通往后山的防空洞，我倒是认为称"逃生洞"更妥。防空洞为钢筋混凝土结构，洞分两层，外层有走廊、天窗、前后门，内层有指挥所。正门进口处有一机关暗道，防止敌人突袭。指挥所右侧墙壁上有个小洞口，是紧急情况下的逃生之所。1938年，蒋介石在这里主持"中原会议"，部署武汉外围对日作战。

遗憾的是，原"花旗楼"在"文革"期间被毁，1985年在原址重建。重建的花旗楼是"武汉会战"的见证，也见证了"文革"的历史。现在的花旗楼一楼摆放着一些桌椅，看似是恢复当年行营的会客厅，正对门的墙上写着孙中山先生手书的"天下为公"四个大字，也是防空洞的入口。我看到，工作人员招呼游客穿戴上国民党军官的衣帽，坐在太师椅上手托盖碗茶，或严肃或庄严或怒视或嬉笑地拍照留影，照片立等可取。

二楼是"中原会议"会场，墙上挂着武汉会战要图，一张也就能围坐十余人的桌子摆在中央，据说是还原了当年的原貌，我看有些牵强。后来看到一幅真正的"花旗楼"外貌照片，与今天复建的二层小楼截然不同，那么，内部结构就可想而知了。当年复建时为何不参考原楼的样子呢？不得而知。

品味"非遗"枣阳酸浆面

在红二十五军长征的路线里，有到过湖北枣阳的记录。当年，红二十五军长征路线是边走边确定的。开始欲进入桐柏山区建立根据地，后来发现桐柏山离武汉很近，四周国民党军队密集，回旋余地小，难以立足，更谈不上发展。后决定继续北上，向河南西部的伏牛山挺进。为了隐蔽向北的军事意图，红二十五军佯攻枣阳，在枣阳七里冲击溃国军四十四师后，从唐河县湖阳镇东的韩庄隐蔽掉头东进。

有这么个由头，我似乎到枣阳就"名正言顺"了。其实此次枣阳行，有两件事要做，一是会朋友，朋友是襄阳市的赵毅贤弟，交往多年，感情深厚。他听说我要走红二十五军之路，一定要我到襄阳一聚，正好枣阳属襄阳管辖。他还希望与我同走几天，此事得到他的夫人小李的赞同，就有了今天中午他们夫妇二人同时出现在鸡公山大门口的场面。让我好生感动的是，赵毅是第一次开车走这么远的路，虽然襄阳到鸡公山仅250多千米。接下来，他和夫人还要陪我到河南方城等地考察。

二是访非文化遗产项目。我此行的宗旨，不是触景生情地再现80年前，国共两党的军队如何如何血拼的场景。而是通过我之所看所听所感，介绍在这条线路上遇到的人，听到的事，看到的物。

到达枣阳后，赵毅的朋友便把我们带到彭家老馆，第8代传承人彭光莲主厨。彭光莲介绍说，酸浆面发源地在湖北枣阳璩（qú）湾。已有200多年的历史，通常叫"璩湾酸浆面"。酸浆面由酸浆水、精制面条、香辣臊子等为主要成分，运用传统技艺加工制作而成。清嘉庆年间，黄陂彭氏（今黄陂李集镇彭家冲）迁

"非遗"项目枣阳酸浆面。图为彭家老馆第八代传承人彭光莲制作酸浆面的情景。

居璩湾，遂将祖传酸浆面技艺带进枣阳。

那么，"枣阳璩湾酸浆面传统制作技艺"这项省级"非遗"是如何制作的呢？我饶有兴趣地把要点记录如下，权当回家后兴致上来后自己操作的指南。

首先是泡酸浆，以水、芹菜或白菜为主要原料，配以香料、面粉、食用碱。经过烫芹菜、制面浆水等步骤后，放置1周至半个月成酸浆水，每天下午用新鲜面汤勾兑，使其保鲜味美不起泡。

第二是煸臊子，以猪肠油、葱白、姜、酱豆、酸菜为主要原料，佐料是八角粉、花椒粉、胡椒粉、鸡精等。将切碎的葱、姜、酱豆和酸菜倒入猪肠油内翻炒，大约40分钟后，臊子呈金黄色。最后加入烧好的开水，煮沸约3分钟，起锅待用。

第三是成品面，面条入锅煮熟后盛到碗里，浇上臊子和酸浆即可食用。

吃着彭光莲师傅制作的正宗酸浆面，的确很可口。细细品来，其集酸香辣为一体，味道鲜美。臊子状若玛瑙、晶亮剔透，面皮美味四溢。

我估计我没有制作酸浆面的本领。呵呵！

1　枣阳文庙，亦名黉学大殿，坐落城区内大南街东侧市粮食局院内。始建于元至正三年（1343年）。清嘉庆年间（1796-1820年），又仿北京黉宫式样重修。原建筑规模宏大。大部分建筑在抗日战争时被日军炸毁。现存至圣殿，为砖木结构五开间歇山顶建筑，面阔26米，进深13米，通高13米。

2　枣阳文庙前檐使用斗拱，檐枋上浮雕花卉、人物图案。为湖北省重点文物保护单位。目前的状况不容乐观，墙体倾斜，亟待抢救性保护。

第 6 天 枣阳市 — 河南方城县

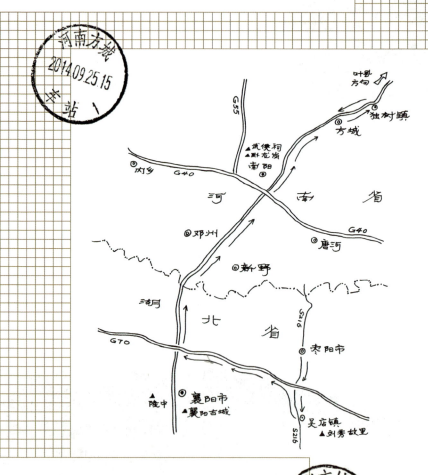

9 月 25 日（星期四）

方城天气：25—16℃ 多云

今日里程：293 km

累计里程：2349 km

宿：方城县第一宾馆 108 室

今日支出：宿费 150 元，晚餐 30 元，水果 11 元、酸奶 10 元，

足底按摩 60 元。小计：261 元。

累计：1277 元。

路线：枣阳市—20 km—吴店镇—255 km—独树镇—18 km—方城县

民间文学 —— 刘秀传说

原计划今天到河南方城，昨天用晚餐酸浆面时，我打听枣阳其他非遗项目，得知已列入湖北省级名录的还有民间文学 —— 刘秀传说。当即，在座的市文化局的负责人电话传承人沈齐珍，为我约好今天一早在吴店镇见面。

湖北省第四批非物质文化遗产名录民间文学"刘秀传说"，主要讲述的是刘秀青少年时期在吴店生活、学习、起兵反莽及回乡省亲等众多传奇故事。反映了刘秀的聪明智慧、功勋彪炳的军事才能、治国安邦的雄才大略、体察民情、廉政薄仪的平易风度，以及降免皇亲特权、减轻庶民徭赋的变革精神。其传说脍炙人口、娓娓动听，富有传奇色彩和深刻的现实教育意义。

我今天见到的传承人名叫沈齐珍，1951 年出生，土生土长的枣阳人。曾任枣阳市白水寺文物管理处主任，现为枣阳市帝乡文化研讨会理事。曾在武汉大学进修文物专业，从事文化工作 40 年，酷爱地方史研究。近年来，参与《刘秀传说故事》《中华光武名胜》《白水碑廊刻石选》等书的编著和编辑工作。

1

2

1 传承人沈齐珍把很多与刘秀传说有关的手写文字稿本拿出来，我建议他保护好这些纸质稿本，这些也是"非遗"项目传承的重要实物。

2 湖北枣阳"非遗"项目刘秀传说。图为传承人沈齐珍（右二）。

今天要去方城县县城北部的炼真宫，据明成化十二年《重修炼真宫记》碑文记载，此处"乃东汉湖阳公主修真之所也"。湖阳公主刘黄为东汉光武帝刘秀长姐。

说到炼真宫，不能不提前些天到一个朋友家做客的一件事。那天，看到朋友家的桌上放着他上初一儿子的语文课本，顺手拿起翻翻，一篇古文引起我的注意，题目叫《强项令》，说的事情与东汉光武帝刘秀的大姐湖阳公主刘黄有关，这篇传记歌颂的是一个名为董宣的地方小官不畏强权、秉公执法的事迹。

炼真宫宫城方形，四边各长150米，面积2.25万平方米，宫墙为土筑，残高5-6米，厚2-3米。

话说湖阳公主的一个家仆杀了人，隐匿在公主家中，官府奈何不了。一日，这个仆人陪同湖阳公主外出，不料董宣将其堵在路中央，把家奴拿下不说，居然就地正法。湖阳公主马上找弟弟、当朝皇帝刘秀撑腰。光武帝虽然同情亲姐姐，但最终还是站在了董宣一边。可想而知湖阳公主当时的心情，不亚于挨了一记窝心脚。

其实，读这篇课文之前，我对湖阳公主一无所知，仅知道刘秀在湖北枣阳一带活动。当时我正在准备与红二十五军有关的功课，枣阳已经纳入我的行程中。课文接下来还附录了一篇故事，叫"糟糠之妻不下堂"，这个典故倒是听说过，不由得看了下去。

故事讲的还是湖阳公主。湖阳公主的丈夫死了（这女人怎么这么倒霉啊，看到这里我想），想通过弟弟再找个丈夫。弟弟问

炼真宫每逢农历初一、十五，香客、游人如织。晋时，葛玄曾修道于此。明永乐年间，道教祖师张三丰在此修炼。

她看上谁了，湖阳公主说是宋弘。这女人眼光不错，宋先生可谓一流的官吏，为人正直，做官清廉，对皇帝直言敢谏。生平中有担任太中大夫、大司空等要职的经历啊！刘秀认为这还不是小菜一碟，满口应许。没想到，宋弘居然不买皇帝的账，掷地有声地说："贫贱之知不可忘，糟糠之妻不下堂。"躲在屏风后面偷听的湖阳公主顿时晕菜。

看到这里，我弱弱地想，皇帝如果直言以告是我亲姐姐想嫁你，也许这事儿还有转机。呵呵，我这是以小人之心度君子之腹啊。与湖阳公主有关的这两个故事，没有给刘黄带来什么好名声，反而成就了两位世间奇男子——董宣和宋弘，二人在湖阳公主的"陪衬"下，其高大帅的形象被记载到纪传体史书《后汉书》中。

我不禁很是同情刘黄女士，生不逢时啊！身为公主，在那个非法制社会里，连一个家奴都保护不了。此刻我又弱弱地想，今天都依法治国了，怎么会有那么多人逍遥法外呢？可怜的少妇刘黄啊！在那个皇权至上的封建社会，想嫁心仪的人，人家不理睬，尽管亲弟弟是皇帝老子。最后，一点辙都没有的公主只好断红尘了俗缘，出家修道去了。这修道之地便是炼真宫。

随着湖阳公主孤影黄卷伴青灯，人们渐渐淡忘了她高傲、霸道的形象，更多地给予她的是爱怜。在炼真宫，我们看到公主楼里端坐在正中央的就是供奉的主神湖阳公主，塑像端庄秀丽，表达了后人对她的尊重和理解。

链接

《后汉书·宋弘传》

时帝姊湖阳公主新寡，帝与共论朝臣，微观其意。主曰："宋公威容德器，群臣莫及。"帝曰："方且图之。"后弘被引见，帝令主坐屏风后，因谓弘曰："谚言贵易交，富易妻，人情乎？"弘曰："臣闻贫贱之知不可忘，糟糠之妻不下堂。"帝顾谓主曰："事不谐矣。"

链接

强项令　范晔

陈留董宣为洛阳令。湖阳公主苍头白日杀人，因匿主家，吏不能得。及主出行，以奴骖乘。宣于夏门亭候之，驻车叩马，以刀画地，大言数主之失，叱奴下车，因格杀之。

主即还宫诉帝。帝大怒，召宣，欲捶杀之。宣叩头曰"愿乞一言而死。"帝曰："欲何言？"宣曰："陛下圣德中兴，而纵奴杀人，将何以治天下乎？臣不须捶，请得自杀。"即以头击楹，流血被面。帝令小黄门持之，使宣叩头谢主。宣不从，强使顿之，宣两手据地，终不肯俯。主曰："父叔为白衣时，藏亡匿死，吏不敢门。今为天子，威不能行一令乎！"帝笑曰："天子不与白衣同。"因敕："强项令出！"赐钱三十万。宣悉以班诸吏。由是能搏击豪强，京师莫不震栗。

链接

范晔

范晔（398—445年），字蔚宗，顺阳（今河南南阳淅川）人，南朝宋史学家、文学家。著的《后汉书》，与《史记》《汉书》《三国志》并称"前四史"。元嘉二十二年（445年），因参与刘义康谋反，事发被诛，时年四十八岁。

1 别具特色的广告似的公告

2 途经方城的南水北调干渠

曾经看过一篇报道，其开头是这样写的：

如果说南阳是一个"水盆"，那么方城县就是这个水盆东北部的"盆沿儿"；而在这个盆沿儿上又有一个天然的"缺口"，这就是全国著名的九大隘口之一——方城垭口。丹江水将在这里翻越连接伏牛山脉和桐柏山脉的山口，向北自流至黄淮平原，再穿越黄河径流华北。这里是南水北调中线工程必经之地，与陶岔渠首、郑州穿黄、进京水道一起，并称中线工程四个关键工程环节。

"水盆"、"盆沿儿"，多么形象啊。这次重走红二十五军之路，必经之地就有方城县，红二十五军长征时，曾在方城县独树镇与国民党军队血战一场，被称为"血战独树镇"。今天，我也要实地看看在方城县城东南4千米处，有一条东西走向的长沟，被人们俗称为"始皇沟"，传说为秦始皇修筑的运河遗迹。实际上，这里是北宋初年开挖的著名水利工程"襄汉槽渠"的一段。

坐在好友赵毅开的车里，我们边走边欣赏路旁南水北调水渠，水很清。由于目标不明，打听了好几个人，都不知道垭口在哪里。最后在一个叫东八里沟的地方，拍了几幅水渠的照片便收场了，原因是根本不能近身水渠——水渠全用钢丝网封闭着，找不到入口。

还是本篇当作引文的那篇文章的结语，让我看了着实不舒服，文章说：

60多年前，红二十五军长征时曾在方城县独树镇与国民党反动派军队血战一场，建构了我军历史上著名的战例"血战独树镇"。如今，英雄战斗过的地方又将建设南水北调的宏伟工程，英雄有知，也将笑看"盆沿儿"的终结，笑看人民的安居与祖国的繁荣。

这位记者通篇文字都是围绕着方城古今水的变迁而作，本来挺好，最后非得"拔高"，牵连出国共打仗的事。这是多年来国人作文的通病啊！

"襄"为古襄邑城（今睢县）的简称，"汉"指汉水。《宋史》

中对襄汉漕渠的开凿有明确记载。距今千余年的北宋太平兴国三年
（978年），太宗赵光义采纳西京转运使程能建议，征发民工10万人，
浚渠百余里，经博望、罗渠、少柘山（今二龙山），抵达方城县城东
西八里沟一带。然而在方城垭口，由于地势渐高而水不能至，最终搁浅。
襄汉漕渠可谓我国古代南水北调工程的最早尝试，也为今天的南水北
调工程提供了宝贵的经验和借鉴。据资料显示，如今南水北调中线工
程方城段，其走向与宋代襄汉漕渠的走向基本一致，两者相距约百米。

　　在东八里沟，我面对已做了加密围挡的水渠，翻看随身携带的有
关方城垭口及南水北调的文字资料，了解到其地理位置的独特：方城
县境东北部因伏牛山余脉和桐柏山余脉连接处山地，在远古时代曾经
发生过沉陷，形成东北窄、西南宽的喇叭状地堑。特殊的地理位置，
使方城具有"南襟湘汉，北引河洛，东挟江淮，西胁武关"的地形特
征，自古以来也是中原要冲。

　　东西长15千米，南北宽20千米的方城垭口，两侧高程达200
米左右，垭口处为146米，为地跨长江、淮河流域的南水北调引水工
程创造了得天独厚的条件。中线工程渠底高程为129米。渠水穿过长
江与淮河之间的方城，仅需要在方城垭口处开挖一条17米深的明渠，
渠水北流到淮河流域，最终流入北京。

　　北宋皇帝赵光义万万不会想到，今人会循着已经沉寂在历史风尘
中千年的漕渠遗迹，成功地完成了南水北调工程，把他的"理想"变
成了现实。

　　为保护襄汉漕渠遗迹，1985年10月，方城县人民政府将襄汉
漕渠沙山段、二龙山段、东八里沟段列为县级重点文物保护单位。

寂寞纪念碑　寂寞传承人

　　红二十五军长征途经方城县，在独树镇七里岗与国民党军队有过一次战斗，据说相当惨烈，文后转载《解放军报》曾经刊登的《血战独树镇》一文有记录，此不赘述。七里岗战场是我此行必须凭吊的地方。

　　下午3时许，我们到达独树镇东公路旁的七里岗，远远就能看见孤零零的高高耸立的纪念碑，在灰色的天空下，瘦削的碑身如一把长杆枪上的刺刀，如果有太阳照射的话，一定会寒光四射。近身观察，就是一把刺刀的造型，是石头垒砌而成，刀尖部分为灰色石头，下半部分为棕红色石头。碑下，横平竖直地铺开去的是一方方墓碑，大约50厘米长、40厘米宽、20厘米高的红色大理石底座上，镶嵌一块黑色大理石，上方刻着一个红色的五星，碑文基本是一个格式，比如有一碑文是这样写的：

　　李宗成烈士之墓　刘伯承部连长，河北人，一九四七年打盆窑负伤

1　独树镇战斗遗址纪念碑

2　荒草中的烈士墓碑

3　烈士墓碑

无人问津的"独树镇
战斗遗址规划图"

牺牲，牺牲时三十岁。方城县人民政府立 二零一三年十月。

很多是无名烈士墓，大多是移葬于此的。估计有300多个墓穴。

说来蹊跷，按说9月是草木茂盛的时节，墓碑左右却一片枯槁。墓地以外是绿色的。莫非喷了除草剂？

看得出，这里无人管理，荒草遍野，杂乱横生；浮土覆于碑面，从歪倒在路边的"方城县烈士陵园效果图"来看，目前陵园是个"半截子"工程，停车场、办公楼以及道路等都还没有下文。寂寥空旷的烈士陵园何时再有人问津？让长眠在这里的先烈们的内心得到安宁？

怀着一种五味杂陈的心情离开纪念碑，行车寻找国家级"非遗"项目"石雕·方城石猴"。传承人王国庆的家就在距纪念碑两三千米的砚山铺村。村内的土路很窄，勉强通过一辆汽车，打听了三次，才来到王家。我原来想，国家级"非遗"项目怎么在村口也得有个广告牌什么的，一直到他家院子里，也没有看到只言片语的介绍。事先并没有与王国庆联系，完全是采取自然状态下的寻访方式。王家大门是敞开的，有三个女人在院子里忙活，是他的老婆及两个儿媳，她们是在洗晾麦子。说明来意，他老婆告诉我，她男人去地里收玉米了，可以打电话让他回来。我打量着传承人王国庆家的院子，二层小楼，与村中大多数人家基本一样，屋内陈设很是简单。我见过不少国家级"非遗"项目传承人，像这样简朴的不多。一会儿，穿着一件蓝色工作服的王国庆回来了，与我想象中的雕塑家形象大相径庭，就是一个饱经风霜的农民。我不解地问，难道雕刻石猴还不能"养家糊口"？他笑笑说："顶多是贴补家用。"

急需保护的"猴"

这里说的猴，不是金丝猴、白叶猴，而是用石头雕刻的猴——方城石猴。在王国庆家的小院里，我们坐在小板凳上聊了起来，王国庆介绍说，雕刻一个石猴，要经过裁石、制坯、初雕、细雕、打磨、打孔、锅蒸、上色、点眼9道工序。以雕刻一个10厘米高的石猴为例，至少需要2天的时间。他的作品都是手工制作。这种用方城独有的石头雕刻成的猴子，2008年，被列入国家级非物质文化遗产名录。当年，王国庆的父亲王忠义是唯一的传承人。通过王国庆的介绍我了解到，方城石猴的石材选自距该村10多千米的一道岗坡上的"花石"，而换了其他石料，雕刻出的石猴便没有了方城石猴的神韵。

我知道，很多传承人顶着国家级"非遗"的桂冠，建立工作室、徒弟一大群。而在这个小院里，没有迹象表明王国庆的事业"兴旺发达"。我婉转地问他工作的地方在哪里？他指了指身旁一个小破门说，就在那里。随着他走进需要低着头才能不碰头的小屋，没有窗户的十

1 石雕·方城石猴国家级非物质文化遗产证书

2 传承人王国庆（右）和他的家人在一起

1

2

1

2

1 小木门内就是王国庆的"工作室"，他的作品都是在这间低矮黑暗的小屋里完成的。

2 王国庆和他的"石猴"作品。他的胸口有一个凹陷的坑——雕刻时需要用胸口顶住刀把。

来平方米小房间，光线不足，干活时既要开灯还要开着门。低矮昏暗的小屋竟是这位国家级非遗转承人的工作室。

靠雕刻石猴显然满足不了家庭生活的开销，王国庆的两个儿子都外出打工了，而他自己，虽然年龄也是五十四五了，既要担负着春种秋收的重任，还不忍放弃石猴这门手艺。他动情地对我说，我不能让父辈留下的手艺在我这里失传了。我询问他，为何不收几个徒弟让这一技艺发扬光大呢？王国庆无奈地说，没有钱赚，又有谁肯干呢。据我后来了解，方城县文化馆曾设想成立一个石猴雕刻培训基地，免费招收有志于这门技艺的年轻人参加学习，但是资金一直没有着落，一来二去也没了下文。

方城石猴面临着保护和传承的危机。看着王国庆胸口凹陷的一个坑，那是雕刻时，需要用胸口紧顶着刀把磨出的茧子，我对王国庆说，仅靠你一人之力，保护、传承石猴技艺是难以为继的。必须得到社会各界的关注，政府实实在在的支持。像方城石猴这样的非遗项目，不能停留在发一张证书的表层，这样下去，方城石猴很快就会成为文物。

附录

血战独树镇（节选）

来源：《解放军报》 2012-2-23

记者：熊永新 通讯员：杨春雨 马庆赐

独树镇，位于河南省方城县境内。这座中州古镇今天虽不为人们所熟知，但因为1934年冬天红二十五军长征到此进行的一场惊心动魄的血战，却使它名留青史。72年后的今天，记者踏访独树镇，在红军将士战斗过的土地上倾听当年悲壮的战鼓。

从独树镇往东行，远远地就看到公路旁七里岗上高高耸立的纪念碑。纪念碑造型硬朗、刚直，透出一种冷峻和悲怆的气质，仿佛一首高亢悲凉的战歌。25.34米的碑身高度，暗含红二十五军番号和战斗发生的1934年。"红二十五军独树镇战斗遗址"的碑名大字苍劲有力，是刘华清同志1997年题写的。长征时期，刘华清同志作为红二十五军政治部的组织科长，亲身经历了这场战斗，并光荣负伤。

七里岗是伏牛山余脉向东南延伸的一条土岗。当年的许南公路，变成了现在的豫01线，将七里岗拦腰截断。记者站在土岗上，满眼绿色，清风扑面。1934年11月26日，红二十五军沿七里岗脊北进，

1 独树镇"映旭"城门旧址（资料照片）。

2 如今独树镇"映旭"城门仍旧破烂不堪。

准备在此穿越许南公路进入伏牛山区时，却没赶上这样的好天气。当时正值寒流肆虐，气温陡降。衣衫单薄的红二十五军官兵埋头疾进，丝毫没有察觉大批敌军已抢先占领了七里岗及周边的有利地形，构筑工事，布下罗网。敌人突然发动猛烈攻击，红军陷入十分被动的境地。

危急时刻，军政委吴焕先抽出大刀，战神般屹立着，高声命令："坚决顶住敌人，决不后退！"他指挥部队就地顽强抗击，并带头冲去与敌人展开白刃战。副军长徐海东率领后续部队及时赶到，经过一番激战，终于打退敌人的进攻。战斗空前惨烈，近百名红军将士英勇献身，二百余人负伤。

……

"血战独树镇"，是红二十五军长征中生死攸关的一仗，与"飞夺泸定桥""激战嘉陵江"等著名战斗并列长征史册。

1 独树镇街景——摊贩

2 独树镇街景——下棋者

3 独树镇街景——打农具的铁匠

4 独树镇光滑的铺地石板和城门洞，依稀可以看出往日的辉煌

1　　　　　　　　2

3　　　　　　　　4

第7天 方城县—叶县—尧山

9月26日（星期五）

尧山天气：27—18℃ 晴

今日里程：200 km

累计里程：2549 km

宿：尧山方成宾馆207室

今日支出：宿费80元，餐费125元，包车590元（两次），饼干15元，矿泉水6元，苹果15元，车锁70元，猴头菇160元。

小计：1061元。

累计：2338元。

路线：方城—75 km—叶县—125 km—尧山

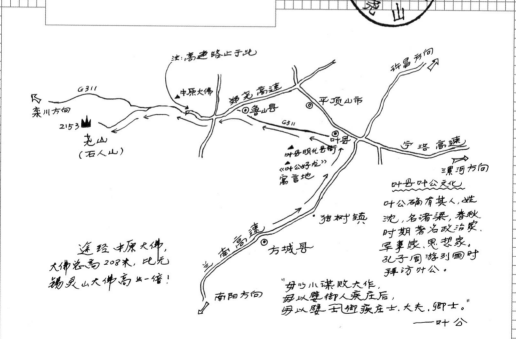

注：高速路止于此

中原大佛

兰亢高速

平顶山市

许昌方向

G311

栾川方向

2153 尧山（石人山）

鲁山县

G311

叶县

宁洛高速

漯河方向

叶母明化名街

《叶公好龙》寓言地

三南高速

独树镇

方城县

南阳方向

叶县叶公文化

叶公确有其人，姓沈，名诸梁，春秋时期著名政治家、军事家、思想家。孔子周游列国时拜访叶公。

途经中原大佛，大佛总高208米，比无锡灵山大佛高出一倍！

"毋以小谋败大作，毋以嬖御人疾庄后，毋以嬖御士疾庄士、大夫、卿士。"

——叶公

任性的摩的司机

今天从方城到叶县。75千米，路很烂，决定包车前往。

来到客运站，没有看到小面包，于是向一女摩的司机打听哪里有面的出租车？她说，用轿车行不？我表示可以。就价钱她说打电话问问，得到回答是不包高速费150元。我以为她为别人揽活呢。

说话间一男驾摩的赶到，问明情况后让我随摩的去换轿车。来到一片自建高大的居民区，在一大门旁有一辆罩着车罩的轿车。男女二人掀开沾有一层尘土的车罩，一辆琼牌海南马自达露出脸儿来。我才明白女摩的司机开车送我。男摩似她的亲戚之类。

我甚是惊奇，问，怎么是海南的牌子？二人没答话。我卸下自行车上的行李，放到后座上。这时女摩的司机抱出一条厚厚的毛毯和一个小棉被及旧毛巾若干条。我暗笑，说不用这么多，有两三条毛巾就行。女摩说，不中不中。执意全铺，并用手抚摸着后保险杆上擦破的两颗枣样大小的残痕说，这是上次拉电视弄的。一切完毕，女摩的司机说"200块包高速费中不中？"车都装上车了，还说啥。我学着她的口吻说"中，中"。

女摩的司机坐入驾驶员的座位上，着车、倒车，男摩的司机在车后指挥，谨慎得再不能谨慎了，且反复几次方来到大路上。

我试着问跑过高速公路吗？

回答没。

我问开车最远去过哪里？

回答回娘家。

我问到娘家多少路程？

七八里地。

我大胆地问，车本拿了多久？

回答已经3个多月了。

着实惊出我一身白毛汗，这时男摩的司机上车，女摩的司机说好久没开了，得先加油，要加97号油。从她家到加油站六七百米，女摩的司机开得还算熟练。我提出上高速路后请男摩的司机开，女回答"中"。

我回头问后坐上的男摩的司机如何？

他说："行是行，可这车我没开过。"

我说车的结构差不多。

他说他的技术一般般。

我说那加完油你先试试，咱别上了高速路后说不行那就晚了。我又补问一句："你开了几年车？"

回答令我差点晕过去。到今天拿本整两月。

我说你们胆可真大啊！两三个月的本子就敢上高速？两个摩的司机异口同声说："莫（没）问题。"

加了 100 块的油，男摩的司机发动车，左右晃荡 20 米，我赶紧叫停。他还问我怎么了。

当二人知道我把他们"辞退"了，女摩的司机惋惜地说，一次练习高速路的机会没了。我无语。

二人还不错，告诉我在前面的第二条马路上，有面的可以去叶县。

在叶县，寻找喜欢龙的叶公

今天第一站是叶县，目的是看看"叶公"叶子高。小学时的课文《叶公好龙》，至今仍能背诵。到了叶县打听与叶公有关的东西，回答在新客运站十字路口有一个龙的塑像，在县衙里好像还有一个有关叶公的展览。2500 多年前的叶公，与孔子是同时代的人物，却没有像孔子那样留下"三孔"——孔府、孔庙、孔林，确是遗憾。要知道，那时候，孔老夫子坐着马车前往叶县拜见叶公子高啊。

到了叶县我才知道，叶公确有其人，而"叶公好龙"这个寓言故事是一起冤假错案。其实，打小我们就没把这事当真，记得老师说过，寓言是用假托故事说明道理的文学作品。那么说，汉时的刘向在《新序·杂事五》中记载的《叶公好龙》与史实真的不符吗？

我们先回顾一下这篇短小的寓言故事：

叶公子高好龙，钩以写龙，凿以写龙，屋室雕文以写龙。于是天龙闻而下之，窥头于牖，施尾于堂。叶公见之，弃而还走，失其魂魄，五色无主。是叶公非好龙也，好夫似龙而非龙者也。

其大意是，叶公子高非常喜欢龙，衣服的带钩上、酒杯上画着龙，屋子内外雕饰的花纹也是龙。天上的真龙听说了，就从天上下来，从窗户里探进龙头，在厅堂里拖着龙尾。叶公一见，转身就跑，吓得魂不附体，脸色都变了。由此看来，叶公并不是真的喜欢龙，而是喜欢那像龙却又不是龙的东西。比喻表面上爱好某事物，实际上并不真的喜欢。

叶公（约公元前550—前470年），芈姓，沈氏，名诸梁，字子高，春秋末期楚国军事家、政治家。因其被楚昭王封到古叶邑（今河南省平顶山市叶县叶邑镇）为尹，故史称叶公。与孔子（前551—前479年）是同时代人。

呵呵，我觉得这是一个蛮好玩的事儿，于是，把自行车停在路边，打开电脑，搜到一个叶公三难孔子的故事。故事说，被后世称为圣人的孔子周游列国时，曾拜访过叶公。当时，孔子是一个宣传自己理念和主张，周游诸邦，欲获得统治者青睐的"访问学者"；叶公则是国之重臣，有举贤荐才权力的"政府官员"。该文说，他们会面时有三则故事被孔子的学生收录在《论语》中，据说《史记·孔子世家》亦有引载（我没有核准）。

之一：公元前489年（楚昭王二十七年），孔子从蔡国来到叶邑。叶公问他怎样治理政事。孔子说："使您近处的人感到高兴愉快，让远处的人前来投奔您。"（《论语·子路》）

之二：叶公对孔子说："我们家乡有个坦白直爽的人，他的父亲偷了别人的羊。他便向官府举报了父亲。"孔子说"我们家乡坦白直爽的人与您说的那个人不同，父亲为儿子隐瞒，儿子为父亲隐瞒。"（《论语·子路》）

之三：叶公向孔子的学生子路打听孔子的为人，子路没有回答。孔子知道后对子路说："你怎么不说我这个人发奋起来就忘了吃饭，

高兴起来就忘了忧愁，连自己快要老了还不知道。"（《论语·述而》）

第一个故事孔子的答复很精辟，引起了叶公的重视。于是叶公用第二话题测试孔子，孔子的答复竟然是父子之间可以作伪证，相互包庇，这显然不符合法治精神，与公正为官不符。这让叶公大失所望，动摇了原本想举荐孔子为官的念头。叶公为进一步了解孔子，找孔子的学生子路询问孔子的为人，可是，子路却默然不作答。最后，以叶公没有举荐孔子为官而告终。

有一说，《叶公好龙》这个成语来自叶公儒派政敌后人的编造。汉朝，盛行儒家思想，儒派后人怀恨当年叶公没有举荐孔老夫子，再加上叶公宣扬的是道家思想，便有"叶公好龙"的故事行世。《新序·杂事》的作者刘向，是个人云亦云的传声筒。

不管史实如何，《叶公好龙》这个成语及叶公三难孔子的故事（我以为叫"三问"更妥），好似一面镜子，也能照见今世今人的行为。

1

1　叶县城雕——龙及农民晒在马路上的玉米

2　叶县县衙始建于明代洪武二年（1369年），自始建至1997年一直作叶县政府办公之地，长达628年。叶县县衙建筑群落共152间，为典型的中轴线对称结构硬山式建筑，对研究我国古代官署机构的建筑布局特点，南北建筑流派发展及其演变规律都具有重要价值。1997年12月开始对县衙进行修复，并以此为依托成立叶县县衙博物馆。

千古冤案话叶公

  翻阅了一些史料，我发现《叶公好龙》的寓言，确实对叶公产生了负面影响，故将搜集的一些材料拼凑起来，拟了这篇《千古冤案话叶公》。

  与孔子同时代的叶公，作为楚国贵族，喜欢龙，究其原因与他受到的以龙为象征的黄河文化、中原文化的熏陶有关。叶公的父亲是一位受荆楚文化影响和中原文化熏陶的大司马。

  叶公很有作为，是一位德才兼备、能文能武的复合型人才，且是一位治国平天下的领导者。孔子特意赶到叶邑，和叶公讨论治国方略，但二人的主张相左，孔子认为"为亲者隐"，叶公则高调提出"大义灭亲"。《国语》《论语》《左传》《东周列国志》等古籍都有记载。荀子以敬佩的笔调赞扬沈诸梁："叶公子高据楚，诛白公，定楚国，如反手尔，仁义功名，著于后世。"

  叶公这样一位杰出的历史人物，怎么被歪曲成为好龙而畏龙的懦夫呢？这要从孔子的弟子子张说起。子张随孔子来到叶邑，亲历叶公和孔子论政，目睹叶公画龙的场景。期间，是否叶公的某些言行不为子张认同？史书无载，仅是猜测而已。

  子张回到鲁国后，求见哀公遭到怠慢，心中不悦。传说，当哀公约见他时，他绘声绘色地给哀公讲了一个故事，故事的主人公竟然是叶公。他说，叶公特别爱好画龙，但当"天龙闻而下之，窥头于牖，施尾于堂，叶公见之弃而还走，失其魂魄，五色无主……"我主观臆断，如果做善意的分析，子张虚构这个神话，目的在于发点牢骚，做一点讽谏。其本意可以理解是"今臣闻君好士，故不远千里之外以见君，七日不礼，君非好士，好夫似士而非士者也"。即寓言所云："实叶公非好龙也，好夫似龙而非者也。"子张把士比之为龙，警告哀公，不要只停留在口头上，而应当言行一致。

  我没有考证子张的人品及他的最终归宿，但如果这个寓言真是他杜撰的，我想，当时他若预知自己瞎编的这个故事，会产生如此大的影响，就算借他几个胆，他也不敢这样做。但是，其结果让叶公蒙受了千古之冤。叶公在天有灵，该会怎么想呢？

☆ ☆ ☆

在叶县，参观了旧县衙署。今天途经墨子故里、尧山大佛景区。

1 墨子故里石碑　　2 尧山牌坊

第8天 尧山—栾川县

9月27日（星期六）

栾川天气：20—16℃ 阴，小雨转中雨

今日里程：116 km

累计里程：2665 km

宿：栾川宾馆205室

今日支出：宿费110元，缆车费80元，

午餐15元，包车300元，晚餐72元，

雨伞25元，酸奶20元，龙眼9元。

小计：631元。

累计：2969元。

路线：尧山—116 km—栾川县

不断更名的尧山

途中留影

　　昨天下午 4 时 30 分到达尧山山门。把行李包存放在山门外的一家餐馆，老板的名字叫朱自清，让人一下就记住了。他还开着家庭旅馆，本是希望我住在他家。我说为了明天一早爬山，今天要住到山上，我答应他明天午饭在他家吃。乘景区面包车到达半山腰缆车站，住在据说是最好的宾馆，其实，条件并不尽如人意。晚饭吃到鲜美的猴头菇，后买了两袋干货，花了 160 元。

　　今天 7 点 50 分第一个乘缆车到尧山顶，再步行 1500 米，到达海拔 2153 米的玉皇顶，冷风疾吹，方感到衣服单薄。

　　记得在家上电脑查找尧山，有的说叫石人山，还有说是大龙山。昨天到了山门，远看石坊上有红色"尧山"二字，为今人徐光春题。近观在"尧山"二字下面有"石人山"三字被石灰涂抹后的痕迹，看着不甚舒服。我想，被抹掉的字是何人所书？即便是更换山名，原有的石刻不好整体替换，不妨制作一块新的匾额悬其上面，把石刻"石人山"三字遮挡即可。也算是一件雅事留给后人把玩。正想着，见一个似是工作人员的青年走了过来，便指着石坊上的字问，这题字怎么给抹掉了？对方不假思索地反问，你不知道徐光春是谁啊！

资料显示，这山最早称尧山，是尧的裔孙刘累立尧祠纪念先祖的地方，为天下刘姓发源地。我姓刘，直到下山以后才知道这里是刘姓发源地。早知道的话，在山上寻寻与刘累有关的寺啊祠的什么的，也拜拜呀。

尧山又因山上众多石峰酷似人形，不知什么时候改成石人山，还叫石人垛。可能是在不久前的什么时间，名字又改回"尧山"了。不然怎么会有"石人山"石刻上面重刻"尧山"二字呢。还有一说，是某人物到此视察，笑说，石（食）人山，吃人的山。众陪同愕然，随即引经据典，发现曾用名"尧山"，再随即呈请徐光春领导题名。不

1　尧山早餐：一个馒头、一碗玉米渣粥和少许咸菜。在山上，就着徐徐吹来的晨雾用餐，平生第一次。

2　尧山是国家重点风景区，位于平顶山市鲁山县西部，地处伏牛山腹地，沙河的源头，属山岳型自然风景名胜区。尧山雄踞中原，既有北国山岳的雄伟峻拔，也不乏南方山水的钟灵毓秀。景色最佳处当属青龙背，特别是有云雾缭绕的时候。

日，"河南尧山"墨宝到，勒石于山门石坊上。

尧山是国家重点风景区，位于平顶山市鲁山县西部，地处伏牛山腹地，沙河的源头，属山岳型自然风景名胜区。尧山雄踞中原，既有北国山岳的雄伟峻拔，也不乏南方山水的钟灵毓秀。景色最佳处当属青龙背，今天还有云雾跑来增色，拍了不少风光片。可惜三星平板不能发图，只能在博客上发点文字了。

1 尧山独特的树种
— 血皮槭

2 尧山青龙背风景

不知这尊大佛是不是世界之最

昨天还有一事忘记录，今日补录于此。

昨日下午来尧山的路上，行至郑州至尧山高速公路终点，与311国道交汇处，有一尊大佛矗立在右侧宽阔的山坳中。看到其第一眼，就感到与无锡灵山大佛近似，站姿神态几乎是一模一样，体量好像比灵山大佛还要大些。我还以为是灵山大佛的再版呢。我在《跟着徐霞客去旅行》一书曾记录了灵山大佛包括莲花座在内共88米，若加上三层基座总高101.5米。记得那是2004年，我看到灵山大佛，很是震惊，当时还查了不少资料，都说灵山大佛是迄今为止我国最高的佛像。

由于计划是到尧山，只能远远地拍张图片。到达尧山后，在等待上山的交通车时，我上网搜了搜，此佛名为"中原大佛"，1997年开始建造，2008年农历九月初一开光。好家伙，花销可真不少啊，12亿元。更让我大跌眼镜的是，大佛总高208米，身高108米，莲花座高20米，金刚座高25米，须弥座高55米。大佛眼睛高1.9米，宽3.9米，佛手高19米，宽9米，厚5米，用黄金108千克，合金

远眺中原大佛

铜 3300 吨，特殊钢材 15000 吨。这里号称"拥有世界第一佛、第一钟，大陆第一汤"，看来这里还铸造了一口大钟，尺寸我没有查到。第一汤，应该就是温泉吧，这个第一是什么概念？日出水量最多？泡汤池面积最大？不得而知了。

我这叫一个悔恨呐，中原大佛比灵山大佛高出一倍，我却说后者是中国最高。井底之蛙啊！这对我来说真是一个教训，以后说话一定要留有余地。中国人有一个嗜好，什么都争第一，仿佛不是第一，就矮人半头，就抬不起头。我原以为仅是建楼如此，塑佛像更甚啊！不知道在我写这篇日记的时候，是不是又有一尊超过中原大佛的大佛在中国的哪个景区轰轰烈烈地创造呢。

中原大佛景区坐落在鲁山县城西 50 千米处。战国时，伟大思想家、社会活动家墨翟降世于此地，现有墨子故里遗址。由于墨子生于何方争论久矣，莫衷一是，至今仍是个谜团，故不多述。

中午下山后在朱自清家午餐，尔后前往栾川县，途经木札岭，拍红二十五军长征纪念标志。大雨滂沱，山路艰行。

木札岭红二十五军长征纪念碑

第 *9* 天 栾川县—卢氏县

9月28日（星期日）

卢氏天气：19—13℃ 阴，小雨，下午中雨

今日里程：85 km

累计里程：2750 km

宿：如家快捷酒店 203 室

今日支出：宿费 90 元，午餐 7 元，晚餐 17 元，修车 38 元。小计：152 元。

累计：3121 元。

路线：栾川县—85 km—卢氏县

卢氏景点：
1. 豫西大峡谷
2. 玉皇山
3. 桃花谷
文峪乡

G209

卢氏县

S322

宫坡镇

G209

S331

S322

冷水镇

朝君B大道

栾川县

S328

2200山老君山

栾川老君山是联合国教科文组织认定的世界地质公园，是800里伏牛山主峰，是长江、黄河的分界岭。

这家旅馆胆真大

昨天到今日，雨没停。看着没有停的意思，我穿上雨衣骑车去伏牛山世界地质公园，公园在县城南 3 千米处。这里是 800 里伏牛山主峰，名为老君山，其海拔 2200 米，位于北亚热带向南温带过渡区域和中国第二、三级地貌台阶过渡的边缘，是长江、黄河的分界岭。

老君山，传说因太上老君李耳在此归隐修炼而得名，已有 2000 多年的道教文化历史。老子写成《道德经》后，骑着青牛出函谷关，据《史记》载："莫知其所终。"有一个说法认为老子归隐于洛阳景室山，即老君山。

1 云霭中是栾川县城

2 此如家非彼如家

公园门口没有人影，在票务中心，询问到山顶需要多少时间，告之下了缆车还要走 1 个多小时，目前是阴雨天，索道不一定开通。放弃登山，返回县城，先到邮局盖日戳，把在尧山买的猴头菇寄回北京。向卢氏县方向赶路，一路雨下个不停。

在卢氏县客运站对面，有如家快捷酒店大字招牌，我前几年住过如家快捷酒店，知道其价格低廉、房间干净。这里距车站近，明天一早乘车方便。

宿费仅 90 块，我心窃喜，小地方什么都便宜！不假思索办理手续。提着行李来到三楼，开门一看感到不对劲，一切如同小旅店，破旧不堪。可以肯定地说此如家非彼如家。今天累得无心思再找旅馆，忍一夜算了。收拾停当下楼吃饭，顺便问刚刚办入

住手续的女子，如家如今怎么不如家了？她淡定地笑笑说："我们是仿人家如家的。"我不明白了，那营业执照如何办的呢？话到嘴边没有说出口，算了，我的任务是走红军路，不是工商行政管理部门。拍照留存。

1　伏牛山世界地质公园

2　老子文化和道家文化深深地影响着老君山地区，老君山一直是中国北方各省道教信众的拜谒圣地。图为老君山老子塑像。

秦岭汉水陕南风

　　在北有秦岭，南有汉水的广域空间里，红二十五军创建了鄂豫陕革命根据地。包括陕西南部的商县（现商洛）、雒南（现洛南）、龙驹寨（现丹凤）、商南、镇安、柞水、佛坪等县，湖北西北部的郧西、郧县等县，河南西部的卢氏、淅川等县。这个地区峰峦峻迭、悬崖陡峭，地势险要。战争年代，便于开展游击战。而今，绮丽的风光、众多的古迹则是不可多得的旅游资源。终南山的修行、丹江的漂流、佛坪大熊猫金丝猴等令人眼界顿开。而一个作家和他的"故居"竟然让他的家乡在一次签约仪式上，揽金95亿元，他是谁？丹凤的贾平凹。的确，丹凤的"商於古道"、棣花古镇充满了陕南风情。这样的村落、集镇、驿道在陕南犹如散落的珍珠，可圈可点。

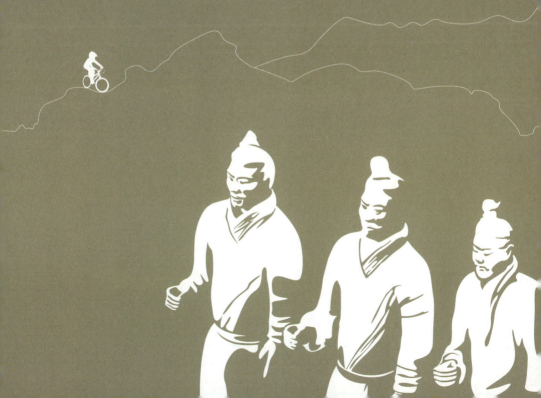

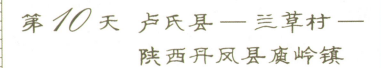

第 10 天 卢氏县—兰草村—陕西丹凤县庾岭镇

9月29日（星期一）

庾岭镇天气：18—11℃ 晴

今日里程：115 km

累计里程：2865 km

宿：聚源宾馆302室

今日支出：宿费30元，车费18元，早餐4元，午餐8元，晚餐6元，苹果（2个）西红柿（2个）计5元，包车200元。小计：271元。累计：3392元。

路线：卢氏县—70km—兰草村—45 km—庾岭镇

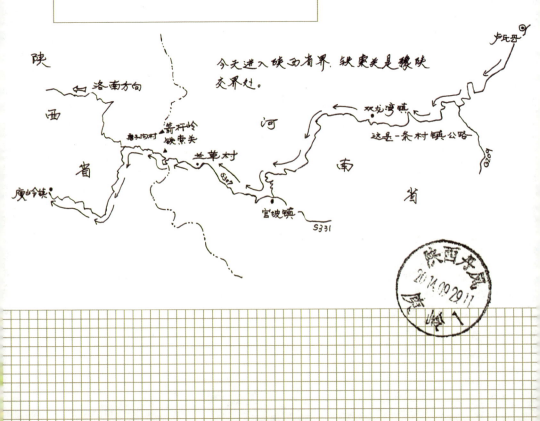

今天进入陕西省界，铁索关是豫陕交界处。

走访兰草村

早晨6点坐上前往洛南的班车，车经双槐树、官坡镇，到兰草村。并排同坐的是一个姓张的男子，一路无语。待过了官坡镇，我向他询问到了兰草站，距村子还远吗？他说车站就在村口。他问我是不是看红二十五军军部？得到我肯定回答后他说，他前几年也开班车，每年都会拉几个像我这样的人，都是去兰草的。他还曾经有过两次被包车几天，拉一车行囊，配合一队重走红军路的人。路途中还有红军桥，距红军桥不远处还有当年红军石刻。

我问他去兰草的路是否好走？他说现在很好了，过去可不行，官坡到兰草，晴天一路土，雨天一片泥。因为是红军军部遗址，在老百姓的多年争取下，这几年才修好。

张姓男子还告诉我，上级政府拨款修路，却被某局挪用开发风景区了。老百姓集体到三门峡市告状，被拦在途中，吃喝伺候后送了回来。当头头的有办法，后来又打报告，说道路被洪水给冲了，这才有了目前这条路。姓张的男子说，人在做天在看，没有多久来了一场山洪，把景区冲得一塌糊涂。他说的事情我没有考证，仅把事件记录于此，具体的款项数字、什么局和领导的名字略去。

兰草是河南省卢氏县官坡镇的一个行政村，距县城90多千米。兰草村是卢氏县西南地区的一个通关要道，由村后的铁锁关可达陕西洛南、丹凤等地，自古以来商贸发达。1934年12月7日，

兰草村民听说我是来踏访红二十五军足迹的，纷纷与旗帜合影留念。

红二十五军长征到达此地，驻在关帝庙（当时的兰草小学设在庙内）。

在兰草村口下车，我把行李存在村口一个修车铺，与老板商量好，一会儿看完红军遗址后，雇他的面包车到庾岭镇。

我仅背着相机包进了村子。一条大路把不大的村子分成两半，不多时就来到学校门口。现在的兰草小学更名为"兰草红军小学"。校园内还有官坡镇第二初级中学，两个学校共用一个院落。时值中午，

1 校园内的小学生

2 红军小学入口

3 兰草红军小学和官坡镇第二初级中学，两个学校共用一个院落。

1

2

3

1 1982年，郭述申回访红二十五军长征路时，来到兰草村，受到村民的欢迎。图中拄拐杖者为郭老（资料照片）

2 复原后的红二十五军副军长徐海东的卧室。

3 纪念馆内展示了红二十五军在卢氏县的情况。

4 坐落在红军小学院内的关帝庙，如今辟为"中国工农红军第二十五军长征纪念馆"。

向传达室的男子说明来意，他起身拿了钥匙，引我来到校内一个独立的小院，即当年的关帝庙，门两侧分立着石碑，左侧为1998年5月18日刘华清题写的"中国工农红军第二十五军长征纪念馆"，右侧的石碑上写着"河南省重点文物保护单位 红二十五军军部旧址 河南省人民政府二零零六年六月八日公布 卢氏县人民政府二零零六年十月八日立"。院子不大，男子介绍说，红军在的时候这里有一棵大树，后来死了。我建议说，可以在原地再种一棵相同的树，以示纪念。男子说，这个建议好。

两侧有房各三间，是当年程子华、徐海东、吴焕先等人办公和居住的地方，正面两进，前面是纪念展厅，后面是关帝庙。展厅内通过历史照片、红军使用过的物品，包括枪支、马灯、草鞋等，介绍红二十五军长征经过。

男子指着图版上一个人的照片介绍说，他叫陈廷贤，1912年10月出生，山西省晋城人。他就是红二十五军长征资料中记载的"河北

1　陈廷贤像（资料照片）

2　红军小学传达室的男子，向我介绍冒死为红二十五军带路的陈廷贤事迹

人陈廷献"，少时流落到我们这里，每日挑着担子翻山越岭做小买卖。1934年12月5日，他凭着道路熟的优势，为红二十五军带路，从一条大多数人不知道的"油盐小道"冲出国民党军队的包围，通过豫陕交界的铁索关进入陕南。与红二十五军分手的时候，程子华拍着他的肩膀说："小老乡，你是我们红军的人。"

我好奇的是新中国成立后，这位"我们红军的人"的生活咋样？男子欲言又止，转而说，陈廷贤一直在卢氏县副食品公司当售货员。1984年1月去世。后来，解放军出版社出版的《中国工农红军第二十五军战史》，记录了这个寻常百姓帮助红军脱险的不寻常的故事。

杨家药铺红色传承人杨青山

说杨青山是杨家药铺传承人不够准确，50开外的杨青山，并没有继承其爷爷杨春荣、父亲杨文聪懂医懂药的本领，但若加上"红色"二字，便注入了新的内涵。十里八村的人们一提到杨家药铺，没有不知道这位自编自唱红军歌曲的中年人。人们还知道，如今这家不卖药的"药铺"是纪念红二十五军的重要场所，准确地说，在这间药铺里传承的是杨春荣、杨文聪和杨青山祖孙三代的红军情。

下午4点，我到达庾岭镇，镇子正在修路，泥泞难行，我请司机帮助找一家旅店，司机对这里比较熟悉，他非常热心周到地把车停在一家一楼餐厅楼上住宿的家庭旅馆前。我付了他包车费200元，其实单行距离满打满算32千米，往返不到70千米。看出司机有点不好意思的样子，我却向他表示谢意，我说，刚才在山上，您在徐海东负伤的地方停车，如果我坐客车的话，人家不会停下来等我的啊。他感谢我的理解。其实，这趟活100－150元足矣，这一带消费水平不高，我今天三餐才花了18元，住宿30元。我一直认为，出门在外，与人大方，对己无害。且屡试不爽，呵呵，这是题外话。

1 1934年12月10日，红二十五军进入陕西，在雒南县庾家河遭国民党军三个团的袭击。图为庾家河战斗旧址（资料照片）

2 从庾家河战斗旧址，眺望山下的庾家河镇。

住下之后，我便上街寻找红二十五军的遗迹。刚才在镇子外面的山坡上，路旁的水泥壁上镌刻着王诚汉上将为庾家河战斗纪念亭题写的"越雄关险隘，树长征精神"字句。司机师傅告诉我说，就是在这个坡上，当年红军与国民党军打了一仗，双方死了好多人呐。

在战斗遗址——七里荫岭头，我拜谒了"庾家河战斗"纪念亭以及牺牲的红军指战员墓穴群。石碑上的文字，让我了解到1934年12月10日，红二十五军在这里与国民党军的一次激烈的战斗。在山坡的一个小平台上，有一块刻着"程子华军长负伤处"的石碑，距此向北200米远的密林里，是副军长徐海东负伤的地方，也立着一块石碑。一次战斗，两位军长都负了重伤，这在任何一个国家的军事史上恐怕都是罕见的。庚家河战斗遗址是我这次庚岭镇之行的两处必看的地方之一，还有一处是在镇子里，即程子华、徐海东等领导开会的地方，当年是一家药铺。

在镇子的主干街道拐弯处，远远看见一幢灰瓦黄墙朱红色大门的

1 "程子华军长负伤处"纪念石碑
2 "副军长徐海东负伤处"纪念石碑
3 红二十五军军长程子华（左）、政委吴焕先（中）、副军长徐海东（右）（资料照片）
4 庚家河战斗纪念亭内的浮雕
5 庚家河战斗牺牲的红军指战员墓穴群
6 庚家河战斗遗址 纪念亭

老房子，装修古朴且非常显眼，门楣上方悬挂着"中共鄂豫皖省委第十八次常委会议旧址"黑底金字牌匾。还有"杨家药铺"字样。这里也是红二十五军军部所在地。整幢房子基本框架没有什么变化，只是颜色和窗棂在重修时做了一些调整。我见过一张老照片，在门楣正中有"春茂"永三个字，却没了踪影，有点遗憾。我还见过一张老照片，门前站着4个人，其中3人年龄较大，似军人，照片上的房子像是石库门。我还注意到，与老照片不一致的是原来紧挨着药铺的房子也是老式风格，如今变成了玻璃落地的铺面房，还盖成了一

1 1934年12月10日，中共鄂豫皖省委随同中国工农红军第二十五军自豫入陕，曾在县境庾家河街"春茂"永中药铺掌柜杨春荣房内，召开第十八次省委常委会议。图为放学的孩子们从旧址门前经过。

2 中共鄂豫皖省委第十八次常委会议由省委书记徐宝珊主持，参加人有程子华、吴焕先、徐海东等。会议做出建立鄂豫陕革命根据地的决定。目前会址保存完好。

座三层楼，形成传统与现代的强烈对比。

　　朱红大门紧闭，我询问其对面食品店的人是否可以参观，他说，杨家应该有人，你大点劲敲门后院的人才能听见。果然，随着答应声，一个十二三岁的男孩把门打开，我说明来意，男孩礼貌地让我先进去看展览，他去叫他爸爸接待我。我打量着已经看不出是药铺的展室，这是一个三开间的房子，除前后门外，四周均被介绍红二十五军情况的展板包围，展板上有图片、文字、地图等。展板下面是一字排开的玻璃展柜，陈列着书籍、报纸、邮品、信件，以及红军用过的药罐、瓷碗、砚台等实物。在屋子明显的位置，还有老旧的八仙桌、木柜、板凳、米筐等物件，估计是当年红军使用过的，弥足珍贵。

　　正当我认真观看时，一位50开外的中年人匆匆从后院走来，边走边伸出手，高兴地说，欢迎欢迎，他自我介绍叫杨青山。我对他说，早就听说他家三代人把自家老房子办成红军长征纪念馆的事迹。我告诉他曾经读过郭述申的一篇题为《寄语商山忆英烈》的文章，文中说，1934年12月9日，红二十五军到达庾家河后，省委和红军的几位领导就住在小镇拐弯处的一家药铺子，店名"春永茂"。

　　杨青山按捺不住激动的心情说："是啊！'春永茂'药铺就是这个房子。"他接着说："当年，我爷爷杨春荣听说红军来了，和其他老百姓一样纷纷向镇外跑。可能他不下地干农活的缘故，皮肤比较白净，穿的衣服又较好，红军战士误以为他是地主豪绅呢，就把他带到这里面见红军领导，街坊四邻看到被押解的

1 杨青山告诉本书作者，展室内陈列的物品都是当年红二十五军使用过的，他指着的这张桌子，是军政治部宣传科科长刘华清抄写《什么是红军》时用过的。

2 杨青山在本书作者的路旗上签名留念。

爷爷纷纷议论，说爷爷是好人。红军领导问明情况，决定放他回家。爷爷却说：'这就是我的家啊。'人们恍然大悟。"

停顿片刻，杨青山又说："没想到，转天的一场大仗，我爷爷的医术就派上了用场。从此，我家与红军结下了不解之缘。"

我问，是不是救治身负重伤的徐海东？

杨青山回忆说："我爸叫杨文聪，当年已经十几岁了，他是爷爷的得力帮手，协助配药什么的。他在生前曾多次给我讲起那些年的事情，特别对徐海东印象深刻。我爸曾用敬佩的口气说'徐海东副军长真是顽强，子弹从左眼底下穿过，从颈后飞出，抬到咱家时昏迷不醒。你爷爷都说恐怕没得救了，后来他硬是撑了过来'。"

从杨青山的介绍中我还了解到，那时候，红二十五军药品奇缺，程子华和徐海东两人血流不止，伤势很重。他爷爷不顾战斗仍在继续，冒险爬上山上采草药，配制止血的中药，给两人内服和外敷，终于控制住两位军首长的伤势。

我与杨青山聊了很多很多，他说他的父亲杨文聪，一直把家当成了记录红二十五军长征历史的课堂、宣传长征精神的阵地。杨青山引导我来到玻璃展柜前，指着一块砚台和裁纸刀说："这些物件是当时红二十五军政治部宣传科科长刘华清抄写《什么是红军》时用过的，就是在这个屋子里抄的啊！"杨青山指着一个方桌补充说："那张桌子是历史的见证。"

杨青山这么一说，倒让我想起，在准备此次行程时，曾经在《红二十五军征战记》一书里，看到过《什么是红军》布告的照片。布告就中国工农红军的性质、宗旨、任务及有关政策，做了通俗易懂的讲解，指出"红军是工人农人的军队，红军是苏维埃政府指挥的军队，红军是共产党领导的军队"。"红军里面的人，都是工人农人贫民士兵出身"。落款的日期1934年12月10日，正是在这个药铺召开"中共鄂豫皖省委第十八次常委会议"的时间，也是程子华、徐海东负伤的这一天。

多年前杨家就把这间房子开辟为展览室，自费维修年代已久的房子，制作展板，义务向慕名前来的参观者宣讲。这些不仅耗费了杨家的人力物力，也使他们承受了较大的经济压力。改革开放后，镇子里

1 1934年12月10日，在庚家河杨家药铺，军政治部宣传科长刘华清抄写了《什么是红军》传单。传单原件由河北省郧西县庙川乡虎头岩村红军战士李玉才提供。（资料照片）

这是建国后郧北郧西县庙川乡虎头岩村红军战士李玉才献出的红二十五军在庚家河印制的传单原件。

2 庚家河战斗后，红二十五军开始创建鄂豫陕根据地，在7个多月的时间里，建立了两县13区40多个乡的红色政权。图为军政治部主任郑位三亲笔签发的《红军家属优待证》。本原件是陕西省商县东岳庙张辑顺、吴春梅收藏品。（资料照片）

这是建国后陕西商县东岳庙张楫顺、吴春梅献出的红二十五军政治部主任郑位三签发的《红军家属优待证》原件。

的家家户户都经营起了商铺、餐馆、旅店，或把铺面房出租，但杨家三代人仍然坚守，没有丝毫的动摇。

我还了解到，身为音乐老师的杨青山，10多年前他已40多岁时，仍孑然一人。让他万万没想到的，一位19岁的邻村学生，名叫鲁红霞，走进了他的视野。一天，鲁红霞来到"药铺"听杨青山讲述红军长征的故事，以及他们一家三代人的红军情，深受感动。经过多次接触，鲁红霞毅然和大自己20多岁的杨青山结为伉俪。如今儿子已经十二三岁了。鲁红霞在紧邻旧址开了一间理发店，弥补家里经济上的不足。今天她去县城购买理发用品了，我没能见到这位竭尽全力支持杨青山的贤内助。

谈话间，杨青山的儿子走了出来，尽管只有十二三岁的年龄，却已是半大小伙子的模样。我笑着说，杨家药铺红色传承人后继有人啦！父子二人憨厚地笑了。

3 为了弥补家里经济上的不足，杨青山的妻子鲁红霞一方面精打细算主持家务，一方面自己开了间理发店。图中紧挨着会址的玻璃落地铺面房，就是鲁红霞开的理发店。

3

附录　庾家河 大山里传出的歌声（节选）

来源：长江网　2012-02-23 10：01：33　作者：郝琦

1934 年 12 月 9 日，红军第二十五军长征进至陕西省雒南县庾家河镇。10 日上午，中共鄂豫皖省委正在庾家河召开第 18 次常委会议，决定在鄂豫陕边界地区创建新的革命根据地。会议进行中，国民党军第六十师突袭而来。指战员在政委吴焕先指挥下英勇反击，与敌展开肉傅。经过 20 多次反复冲杀，战至黄昏，红军终于将国民党军第六十师 3 个团击溃。

此次战斗，红军共毙伤敌 800 余人（300 余人——见《中国工农红军全史》第四册，军事科学出版社，2006 年 5 月版，第 55 页。本书作者注），红军伤亡三百余人（100 余人——见《中国工农红军全史》第四册，军事科学出版社，2006 年 5 月版，第 55 页。本书作者注），副军长徐海东、军长程子华先后身负重伤。

召开庾家河会议的会址——杨家药铺，如今已经成为当地爱国主义教育基地。杨家第三代后人杨青山为我们演唱了他自编自创的革命歌曲。

"我多次听说过，这里牺牲的红军战士，永远留在了这山坡，烈士血染这山河……"今年 52 岁的杨青山拉着手风琴，脚微微点着节奏，向我们动情地唱起了这首由他自己作词作曲的《烈士到底为了什么》。杨青山说，他曾读过音乐专业，目前在当地小学教音乐课。自上世纪 80 年代起，他就开始创作红军歌曲，至今已谱写了 100 多首。

近年来，身为音乐老师的杨青山，创作了有关红二十五军的歌曲一百多首，他不但为前来参观的人们演唱，还在学校里教给学生们。图为他为本书作者演唱《烈士到底为什么》《歌唱咱亲人徐海东》等自己作词谱曲的歌曲。

"杨家药铺"的印象早已不见，取而代之的是"青少年革命传统教育基地"、"中共鄂豫皖省委第十八次常委会议旧址"和"庾家河乡中心小学德育教育基

地"这三块牌匾。一条宽大厚实的木凳摆在堂屋里，"这种凳子在我们这里叫做'蠢凳'"，杨青山的父亲，现年80多岁的杨文聪说起当年情形，一脸的自豪："可别小瞧这条凳子，当年这上面坐过程子华、吴焕先、徐海东几位军部首长呢。"

一张《郭述申同志我们怀念您》的歌谱挂在杨家20多平方米的里屋，褪色的书柜里，摆放的都是关于红军的书籍。"郭述申同志去世前，曾回过这里，当时他就坐在后院，谈起当年的战友，他泪流满面"。杨青山拉开抽屉，翻出一大沓信件，这些信件都是徐海东、郭述申的后人或亲属寄来的。目前，杨家仍然与他们保持着亲密的联系。

☆ ☆ ☆

连日奔波颇感疲惫。从前日三星平板不时出现障碍，发博不畅，地图黑屏，高德地图仍打不开，百度还可，故原计划每天更新博客，记述行程恐难实现。

本书作者（右）与杨青山在旧址前合影

第 11 天 庾岭镇—丹凤县

9 月 30 日（星期二）

丹凤天气：24—14℃ 多云

今日里程：41 km

累计里程：2906 km

宿：星期快捷酒店 8309 室

今日支出：宿费 128 元，车费 45 元，

矿泉水 5 元，晚餐 29 元，枣 2 元。

小计：209 元。累计：3601 元。

路线：庾岭镇—41 km—丹凤县

庾岭镇

这是一条崎岖的
乡村山路

★丹江从丹凤县流过，
丹江亦称丹水。发源于
商州市的凤凰山南麓，经
商州、丹凤、于商
南县汪家店乡月
亮湾出陕境。又
流经河南、湖北，
于丹江口注入汉
江，全长
443 公里。

商洛方向

棣花镇

沪陕高速

丹凤县

▲船帮会馆

▲丹江国家
湿地公园

龙驹寨

G312 西南方向

昨夜无眠。

出来已经10天了，是人体的一个疲劳点，故昨晚计划早些休息。日记仅记了要点。不到21点就躺下了，所以杨青山打电话给我，说送些栗子让我路上吃，我都谢绝了。然而，隔壁房间老板的一帮朋友搓麻，声音不太大，但夜深人静仍让我不能深睡。昏昏迷迷地听到雄鸡高鸣，以为天亮了，看手机才3点15分。忽而有足音响起，隔壁麻局散去，人声下楼远去，时针指向4点。渐渐入睡。忽然一声鸡叫，5时整，远方群鸡随声附和，不绝于耳。假眠至6时，再无睡意，起床洗漱，收拾行囊，6点半下楼。见卷帘门紧闭，如何出门呢？昨天已经打听知道，今早7点左右有前往丹凤县的客车从门前经过。这时我才发现整个三层楼就我一个人，老板等都回家了。电话老板，告知有一个卷帘门没有上锁，向上一提即可，并说，待我出门后，把卷帘门拉下便OK。我看着一层餐馆内的东西，感叹这个小镇有"夜不闭户"之美德。

客车到达，乘客仅10余人，大都闭目小睡。我至最后一排，从后窗看到车在颠簸中从"杨家药铺"门前经过，不禁想起昨天与杨青

街边婚礼新人敬酒

山的晤面，甚感收获颇丰，这正是我此行"接地气"的成果。想着想着也进入休眠状态。迷迷糊糊中似乎又回到昨天去过的庾家河镇后街七里葫岭头，看到20余座红军佚名坟茔和一座直径四五米的圆形大墓，碑文记述了1934年12月10日，国共两军士兵你死我活的战斗。碑文称国民党军毙伤800余人，红军伤亡200多人。如果这个数据准确的话，那么共有1000余个生灵在此终止生命，在此变成残废之躯，在此改变命运。1000人啊，在他们身后又会发生多少忧伤、凄惨的悲剧故事啊！

在《什么是红军》一文中指出"红军是代表穷人利益的，国民党军队是代表地主、资本家利益的。不过，国民党军队中的士兵也是穷人出身，所以红军欢迎国民党军队的士兵到红军中来"。

打仗的人都是"穷人出身"，作为血肉之躯的个体来说，不管是死还是伤，都是要承担巨大的物质损失和精神创伤的，他们的父母，包括所有的亲人都是要接受难以言表的剧痛。80多年过去了，我们今天心平气和地想一想，仅从人性角度来说，是否可以在"庾家河战

1 街边婚礼彩虹门

2 客运站

3 豫陕交界处

4 早点摊

斗佚名烈士墓"旁，或较远处的树林中，建造一座不大的"国民党军人遗骨冢"？

记得在云南腾冲国殇园里，有一座倭寇冢。那是民族之战！那还是侵略者的尸骨！

如果我没记错的话，庾家河战斗佚名烈士墓群是去年——即2013年12月9日落成。是中共丹凤县委和丹凤县人民政府建造的，他们应该有这个胸怀的，可能是没有想到罢了。

在去往丹凤县的长途车上，我在昏昏沉沉、似睡非睡中想到的。下车后，赶紧打开电脑，匆匆记下。

10点多到达丹凤县城。县城人流如织，叫卖声此起彼伏。入住一家快捷酒店，房间干净，价格128元。我问服务台女孩"十一"涨价吗？她挺幽默地回答说："小地方不落价就不错了。"

呵呵！我打趣地说："地方虽小出了个大作家呀。"

1 丹凤县城龙驹寨自古是"北通秦晋，南结吴楚"的交通要冲，是重要的水旱码头。图为老街一角。

2 丹凤县龙驹古寨牌坊

女孩说："不就是贾平凹嘛。对我等小民来说，不当吃不当喝。顶多算是精神食粮。没钱的话，肚子该饿还是饿。"

我说："呦呦，北京豆汁，一套一套的。"

这时，站在一旁一直没言语的一个男孩说："特别是老贾写的性饥渴，看完了，不光饿还渴呢。"我笑喷了。

他们不约而同地问我什么是"北京豆汁，一套一套的"。我说，北京豆汁是北京的一种小吃，像泔水的味道，大多数外地人是喝不了的。喝豆汁，还要买焦圈、辣咸菜丝，三样算一套。

不涨价那就在这里休整两天，洗洗衣服，睡个懒觉，整理

漫长的历史，龙驹寨街道铺了一层又一层，使路旁的老宅子好似埋入地下一般。

日记。

这两天具体安排是这样的：

今天中午先睡一个午觉——这是十天来睡的第一个午觉。

下午两三点钟去一趟丹江码头边的船帮会馆，丹江码头是徐霞客当年游华山后，经洛南到水陆枢纽龙驹寨，即丹凤，走水路出陕乘船的地方。

明天上午到棣花镇，红二十五军在那里有遗迹，还是贾平凹的老家。昨天上网看到消息，新整修的贾平凹故居今天开门迎客，他特地回家添彩——签名售书。我其实很是敬仰这位作家的，可惜不是追星族或曰粉丝，不然，放下行李直奔棣花镇了。

明天下午整理日记。

 ## 丹江码头——徐霞客登舟处

下午3点半，我从船帮会馆出来，来到其旁的丹江码头。丹江，被誉为"中国西北第一漂"，红色大字被高高举起，矗立在江岸上，几里外就能看个真真的。而我更偏爱岸边一块不起眼的石头上的几个字——徐霞客登舟处。

徐霞客（1587-1641）什么时候来过这里呢？据徐霞客《游太华山日记》记载，明天启三年（1623年）他游太华山，即今天华山，这篇日记是他在陕西境内沿途的游记。徐公于农历二月最后一天进入潼关，至华山北麓的西岳庙，三月初三日从华山下来，初四日进入洛南境。初七日到达龙驹寨，就是今天的丹凤县，然后取道丹江水路，经影石滩（今月日镇）、龙关（今竹林关）、蜀西楼（今梳洗楼），初十日出陕西界。

记得 2004 年 4 - 5 月间，农历三月，我驱车重走徐霞客之路陕西、湖北、河南段。4 月 30 日午后下华山，经石门、洛南、景村、丹凤、武关到商南，里程表显示 217 千米。当时高速公路在地图上还是虚线，今天至少从丹凤到商南可走高速公路了。丹凤，即徐公年代的龙驹寨，我并没有停下来，原因很简单，八九天的假期，重点是华山、武当山、龙门石窟、丹江口水库、嵩阳书院、中岳庙等点。

今天看到 10 年前记录从华山到丹凤一带的日记，感触良多，顺手抄录如下：

下午 2 时许，在玉泉院前的邮局盖过日戳。然后向西行 11 千米，便到华金路口，南行进入向洛南县方向的 202 省道，里程碑上标为 119 千米。汽车在被高山包裹着的公路上前进，一条大溪随着公路的走向"哗哗"奔腾——不，应当说路伴溪行，正如霞客在《游太华山日记》中所述：

两崖参天而起，夹立甚狭，水奔流其间。循涧南行，倏而东折，倏而西转，盖山壁片削，俱犬牙错入，行从牙罅中，宛转如江行调舵然。

真是神来之笔的描绘。的确，车子就似一叶小舟，在曲折的江面上行动，需要不停地调整航向。

按《游记》载，霞客从西岳庙到达华阴和洛南界，我计算了一下，西岳庙到华山玉泉院为 6 千米，再到华金路 11 千米，最后到商洛界 30 千米，合计 47 千米，与霞客当年行走的里程数相近。

沿途风光无限，车辆绝少，手机无信号。

进入商洛市境后，雨像断了线的珠子，铺天盖地从天而降，道路愈走愈窄，路面愈来愈颠。此时谷地渐宽，群山渐渐远离。

从洛南县转道 307 省道。路虽不算平坦，但绝无坑洼。李萍松了口气说，如果往下都是这样的路该多好啊！然而，好景不长，车到景村（霞客游记中有记载）需转入去丹凤县方向的一条无名路，估计是条县道。这是一条年久失修的烂路，泥泞、坑洼自不必说，有些地方路面非常窄，特别是进入一些村庄，路面更是糟得一塌糊涂。再加上大雨的捣乱，路面积水较深，真担心车陷其中不能自拔。

透过雨雾中的车窗，见路旁墙上斑驳的标语："要致富，靠支部；

致富快，党员带。"（载于《跟着徐霞客去旅行1》，华夏出版社，2013年8月版，第90页）

10年时间，变化巨大啊！10年前擦肩而过的龙驹寨，今天我要把你仔仔细细打量一番。

我看到过一份关于丹凤漂流的介绍，为了证明漂流的悠久历史，资料上写着：

丹凤漂流最早可追溯至明代，始于明代大旅行家徐霞客。史载：徐霞客"北谒太华，骑牛老君赤峡觅龙驹；南朝武泛舟丹江碧波逐丹鱼"，于1623年3月，从今丹凤县城南丹江北岸的船帮会馆处登舟漂流丹江，留下"山岚重叠竞秀，怒流送舟，两岸浓桃艳李，泛光欲舞，出坐船头，不觉欲仙也"的华文。

我不知道"漂流"一词发明于何年，在当下更多的含义应该与"玩"有关，如果在明末也使用这个词的话，其主要意思估计与"玩"无关。当年人家徐霞客是搭舟行路，这舟能载多少人徐霞客没有说，但他在日记中记载的一种叫"板船"的货船"溪下板船，可胜五石舟"。在丹江里的这种板船，可装载五石重的东西。

从徐公日记中可以看到，他乘坐的这条船，不光拉人，其船主还做买卖，因为要贩卖盐，有时还耽误乘船人行程，按今天的说法，就是损害消费者的利益。比如："初八日，舟子以贩盐故，久乃行。"意思是，船夫因为贩卖盐，很久后才起航。又：初九日"榜人以所带盐化迁柴竹，屡止不进"。说的是摇船的人用所带的盐交换柴、竹，多次停船不行。

1 丹江，被誉为"中国西北第一漂"。

2 丹江码头——徐霞客登舟处。

从另一个侧面，可见明末丹凤一带市场经济是比较发达的。我猜测，徐公坐的这船可能比较大，既要载客，还要装着盐，途中换得的柴禾、竹子也得有地方放啊，船小了可不行的。

如果说船夫边行船边贩盐或交换所需商品是少数人的行为，那么，我们再看看徐霞客对龙驹寨的描述："寨东去武关九十里，西向商州，即陕省间道，马骡商货，不让潼关道中。" 寨东边距离武关九十里，西边通商州，是去陕西的小路，路上来往的骡马、商人、货物，不比潼关大路上的逊色。这是对旱路的记录。刚才我们已经说过，在丹江中穿流往复的多是能载五石的板船。小小的一个龙驹寨竟然如此繁荣。

还必须指出的是，这份资料信誓旦旦地写道，史载：徐霞客"北谒太华，骑牛老君赤峡觅龙驹；南朝武泛舟丹江碧波逐丹鱼"。不知这"史载"载自何方？另外，文中说，徐霞客"从今丹凤县城南丹江北岸的船帮会馆处登舟漂流丹江"。船帮会馆建于清代，可谓风马牛不相及。

船帮会馆位于陕西省丹凤县城西南隅，又名"平浪宫""明王宫""花庙"。始建于清嘉庆二十年（1815年）。丹凤县城龙驹寨自古是"北通秦晋，南结吴楚"的交通要冲，是重要的水旱码头。

徐霞客确实在日记中抒发了一段行丹江的感受，即："时浮云已尽，丽日乘空，山岚重叠竞秀。怒流送舟，两岸浓桃艳李，泛光欲舞，出坐船头，不觉欲仙也。"要说明的是，此话不是描写丹凤码头附近的景色，按徐霞客日记载，初七日，到龙驹寨后觅舟后大雨如注，船不得航行。初八日，行至影石滩，即今天的月日镇，雨大作，又不能走，估计刚刚行了10千米；初九日，到龙关，今竹林关，徐公说是40里；又行50里到武关河与丹江汇合处，大概是在毕家湾附近。也就是说距丹凤约五六十千米的样子，徐公才做了如上感叹。通过徐霞客这几天的日记，我们看到农历的三月，丹凤一带雨水充沛，不知今是否如此？

　　遗憾的是，我没有时间到丹江下游五六十千米的地方看看。

1　丹江航道，自春秋战国始即为"贡道"；是皇都长安主要补给线，百艇连樯，水走襄汉。龙驹寨江岸是水陆换载的著名码头。会馆面临丹江，北靠凤冠山，现保留戏楼和大殿各一座，呈南北对峙状。图为船帮会馆戏楼。

2　建造船帮会馆的资金，主要是从靠岸船只每件货物中抽取三枚铜钱。会馆为帮员提供食宿、聚会、娱乐等服务。

3　会馆门前的石鼓和石狮

第 *12* 天 丹凤县 — 棣花镇 — 丹凤县

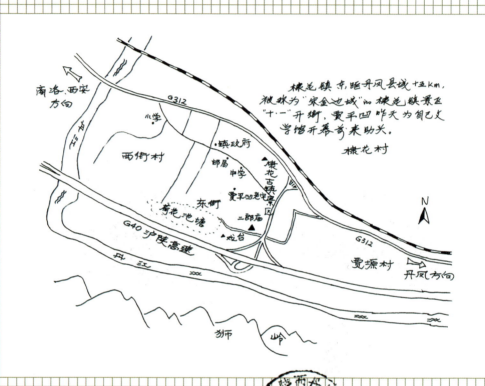

棣花镇东,距丹凤县城十五km,
被称为"宋金边域"的棣花镇景区
"十一"开街,贾平凹昨天为自己文
学馆开幕剪彩来助兴。

棣花村

10月1日（星期三）

丹凤天气：19—10℃ 阴 阵雨

今日里程：30 km

累计里程：2936 km

宿：星期快捷酒店 8309 室

今日支出：宿费 128 元，午餐 20 元，车费 6 元，

葡萄酒 45 元，饼干 24 元，石榴 4 元，黄瓜 2 元。

小计：229 元。累计：3830 元。

路线：丹凤县—15 km—棣花镇—15 km—丹凤县

棣花镇风景

棣花镇，距丹凤县城 15 千米。一早，我乘 2 路公交车，花 2 元钱用 40 分钟时间抵达"宋金边城""商於古道"的棣花镇。知道棣花镇，缘于在这里有一座二郎庙，红二十五军曾在这庙里住宿，这里也是作家贾平凹的故乡。

棣花镇，唐为棣花驿。元稹、白居易等诗人多次吟诗赋词于此地。宋时，南宋与金国在此建二郎庙划地为界，后称"宋金边城"。而商於古道始于春秋战国时期，由古长安通往河南省内乡县柒於镇。由于历经战乱兵祸，胜地古迹损坏几尽，而今值得一看的唯二郎庙和关帝庙，对了，还有刚刚开街的仿古建筑一条街。

在棣花镇转了一个上午，肚子饿了。信步来到二郎庙不远处一个特别大的荷花塘，在其旁一家农家乐落座。毛毛细雨打在院子里新铺的水泥地上，反射着明晃晃的天光，雨丝落在仅有两畦大小的菜地里，泥土变得润润的。坐在新盖的木质亭子里，矮凳矮桌，是这里农家常用的那种，有种久违的感觉，隔着低矮的栅栏，欣赏着叠放得密密扎扎的荷叶，时而从二郎庙方向飘来咚咚锵咚锵的锣鼓声，那是正在上演的传统戏曲。花 20 块钱的一顿午餐，韭菜炒鸡蛋量足，一份米饭量大，免费送一碗榨菜汤。棣花农民兄弟质朴的一面表现得淋漓尽致。

这几天是以"棣花古镇景区"为名头的展示周，大概是从昨天开始的，几个戏班子轮番上演着一出出传统戏曲，就在距今已有800多年历史的二郎庙门前拉开帷幕，虽然下着雨，热情不减的老乡从十里八村赶来，他们打着五颜六色的雨伞，自带小凳，把戏台烘托得像过节一般。

二郎庙是南宋和金国之间发生过的一段历史的见证。据《宋史·高宗本纪》载，秦桧曾"割商界给金"。二郎庙修建于金大安三年（1211年）。相传，金国侵略南宋到龙驹寨后，遇到这里的南宋将士奋力抵抗，久战不分胜负，当朝宰相秦桧力主求和，割八百里秦川给金人时，就以棣花街为界。金国按照喇嘛寺的造型，融合汉人建筑风格，在棣

1、2 冒雨看戏的村民

3 下着雨，热情不减的老乡从十里八村赶来，他们打着五颜六色的雨伞，自带小凳，把戏台烘托得像过节一般。

2

3

1 棣花镇二郎庙，红二十五军曾在这庙里住宿。

2 二郎庙。成为宋金的"三八线"。街道东面是宋人的地盘，街道的西面是金人的天下。一街分两朝成为极其罕见的一道风景。

3 向几位村民打听红二十五军到二郎庙的事情。

4 宋时，南宋与金国在此建二郎庙划地为界，后称"宋金边城"。

花东街建成二郎庙。成为宋金的"三八线"。街道东面是宋人的地盘，街道的西面是金人的天下。一街分两朝成为极其罕见的一道风景。

现在，我们看到的是两座寺庙并肩而立，原来，清乾隆十八年（1837年），这里的"天地"均属大清帝国，在当年南宋地盘，建起了一座关帝庙。如今，一根老旧的"宋金分界桩"立在一个玻璃罩子里面，不偏不倚地戳在两座庙的中央。

我今天是来寻找当年红二十五军在此驻扎时，留在墙上的标语的。据芦振国、姜为民共同编写的《红二十五军长征纪实》（河南人民出版社，1986年8月版，第66页）载：

红军在二郎庙和关帝庙外面的墙壁上，分别还留下两幅斗大的黑字标语：一幅是"建立陕西苏维埃政府"，一幅是"为创建陕西苏维埃政权而战"。红军走后，国民党反动派来了，多次勒令铲除红军标语，当地群众用白土粉刷遮盖，终将保护了下来。这两幅红军标语，而今已成为珍贵的革命文物，妥善加以保护。

可是我仔细找了半天，也没有看到。询问年轻的工作人员，他们不知此事。再向一个70多岁的老婆婆打听，她说，几十年前嫁到这里时，好像是看到这墙上有过字的符的，后来，这庙都要塌了。可能是"文革"时被毁了吧。她也不能确定。

上午，还到棣花旧街转了转，多数房子是最近一二十年盖的，有些无序。走着走着就转到贾平凹的故居了，门楼的匾上写着"嘉祥延集"四个字，无款识，但一看就是贾体。顺便说一句，贾的字我也十分喜欢，有个性，据说很贵很贵的。这里没有故居、旧居等字样或标示。正房和左右厢房，一水儿的灰砖灰瓦、本色木料搭建，古朴自然，院子也是灰砖铺就的。与一幅若干年前贾平凹站在旧屋前的照片互相比较，我感慨："低矮小土"变成"高大上新"。

冒着细雨，转到旁院，门楼上也有牌匾，写着"贾平凹文学艺术馆"，院内还有"贾平凹书画馆"等，都是印刷楷体。在陈列其文学作品的展室里，令人震撼的是，他竟然写了如此多文字，一部部著作摆满了陈列柜，真是一位高产作家。让我不解的是其书画馆里的所有作品，无一例外都是喷绘的，没有一件原作。

贾平凹给我的第一次记忆是读他的短文《丑石》，美与丑的辩证关系说得那么明白透彻。另外一篇名字已经不记得了，但内容是讲某大领导来到一个小村庄

1　翻建后的贾平凹老宅，没了一点点原来的味道。从其左右的民居及挂在展室内的老照片，可以断定，当年贾宅非今日模样。图为宅院门楼及一口老井。

2　贾平凹站在自家原来院子里，注视自己生活的老屋。（资料照片）

视察工作，一大群陪同者前呼后拥、阿谀奉承，这一切都摄入一个孩童的眼里。中午，安排大领导午休，孩童趁人不备，溜到大领导睡觉的房外，透过门缝，他看到大领导没有与旁人有什么不同呀，打呼噜、磨牙、放屁都跟他家左邻右舍的庄稼人一样啊。

读后，什么叫入木三分、力透纸背，从文学的角度，我仿佛明白

1 贾平凹书画馆所有作品，无一例外都是喷绘的，没有一件原作真是说不过去啊！

2 "道"，贾平凹书画馆内使用喷绘技术书写的作品之一。

3 贾平凹，1952年2月21日生于陕西省商洛市丹凤县棣花镇，当代作家。1974年开始发表作品。1993年创作《废都》。2008年凭借《秦腔》，获得第七届茅盾文学奖。2011年凭借《古炉》，获得施耐庵文学奖。图为举着如椽大笔的贾平凹。

4 贾平凹部分文学作品

5 《丑石》是贾平凹著名的散文。在其老宅的门外的草坪上，有一块"丑石"和写在木板上的文字，供人欣赏。

了几分。

　　既然看到了贾平凹修缮一新的"故居"，我还想多说两句相关的话。2005 年 6 月 22 日《中国青年报》上的刊登了一篇题为《贾平凹与他的"故居"》的通讯。文章说："作家贾平凹的故乡——陕西省丹凤县目前正摩拳擦掌要投资和引资约 7000 万元，修建大型文化旅游景区'贾平凹文学艺术苑'。其中县里将出资 800 万元左右，引资6100 多万元，将于 2010 年前分期投入。"

　　文章接着说，一个国家级贫困县准备筹措巨资，为本县籍贯的一名在世的知名中年作家盖"故居"或"故里""故乡"，这种情况古今中外文学史、名人史所未见，海内外舆论哗然。

　　通篇文章读下来，我感到贾平凹似乎很是无奈，家乡的领导说"平凹是我们丹凤的一张名片"。而作为贾平凹本人，如果不配合吧，家乡人民会怎么看，至少得说，吃家乡喝家乡翅膀硬了不管家乡。如果配合吧，好事之徒肯定会说，人还没死呢，就开始树碑立传盖故居。真是左右为难啊。

卖糖葫芦的小贩。

　　通过文章可以了解到，丹凤县是国家级贫困县，去年（2004年——本书作者注）财政收入2800 万元，而同年支出达 1.4 亿元，"靠国家转移支付过日子"，"怎么能发展起来"呢。县里领导看中了当地的历史古迹、民俗风情、文化名人。我能理解贾平凹当时的心情和态度，确实是一个很尴尬的角色。

　　10 年过去了，丹凤县当年的决策得以回报，不知昨天回来参加自己文学艺术馆揭牌仪式的贾平凹有何感想？我从相关的新闻报道上看，他还是很低调的，至少没有什么大牌领导出席，没有文学艺术界的大腕随行帮衬。

1 我到这里的前一天，贾平凹文学艺术馆揭牌就是在这块大牌子前举行的。

2 棣花旧街，多数房子是近一二十年盖的。

3 村民

4 棣花古镇景区

5 丹凤盛产葡萄酒，贾平凹的《废都》与红酒装在礼品盒中搭着卖。

6 蒸馍的人

悠闲的村民

附录 丹凤"商於古道"等项目揽金95亿元（节选）

来源：中国网新华网甘肃频道企业资讯　2015-05-25 14：58：12

　　"丹凤朝阳，展翅欲飞"。在5月23日举行的陕西商洛丹凤商於古道暨重点项目推介会上，该县县委书记郑晓燕如是说。当日，郑晓燕女士介绍了该县经济社会情况，县长赵晓斌先生做了项目介绍。西洽会期间，该县精心包装了12个重点项目以及一批城市建设、现代材料、绿色食品等项目，签约19个，揽金95.58亿元。

　　丹凤位于秦岭东段南麓，陕西东南部。因县城襟带丹江、背依凤冠山而得名。是当代著名作家贾平凹的故里。

　　商於古道始于春秋战国时期，由古长安通往河南省内乡县柒於镇，全长约六百里。2013年，商於古道文化景区项目被省政府确定为全省十大文化景区项目之一，项目核心区在丹凤县境内绵延100余里，沿途古建筑、古遗址、近现代重要史迹等人文资源密集，在长期历史演变过程中形成了商帮文化、驿站文化、军事文化等地域特征鲜明的诸多文化现象。丹凤县本着在全国"唯一性、至高性和市场性"原则，按照丰富完善陕西周秦汉唐文化、弥补春秋战国历史文化、传承连接中原文化，打造春秋历史文化与秦岭山水生态文化交相辉映人文风情长廊的构想，精心策划了以棣花古镇、商镇古邑、龙驹古寨、武关古塞为主要内容的商於古道文化景区项目。

据介绍，该县是著名改革家商鞅封地，四皓隐居之处。境内旅游资源丰富，有商鞅封邑、商山四皓等遗址遗迹9处，二郎庙、船帮会馆等人文景观17处，丹江漂流、龙驹寨国家水利风景区等水域景观4处。该县也是革命老区之一，徐向前、贺龙、程子华、徐海东率领的三支红军、李先念率领的中原突围部队曾在这片热土上浴血奋战，是鄂豫陕苏区和豫鄂陕革命根据地的中心区域。目前，全县森林覆盖率70%，已是省会西安的"后花园"。

2013年该县启动实施了商於古道棣花文化景区建设，现已投入资金近2亿元，建成了以宋金边城、平凹文学馆、清风老街、棣花之都等项目串珠状布局的商於古道棣花古镇景区，已于去年国庆节开园迎客。目前已累计接待游客36.5万人，该景区已被评为国家3A景区，成为丹凤乃至商洛人文旅游的一张崭新名片。（中国网红色瞭望陕西报道 记者 王玮 任湘萍）

第 *13* 天 丹凤县 — 商洛市 — 蓝田葛牌镇
— 柞水红岩寺镇 — 柞水县

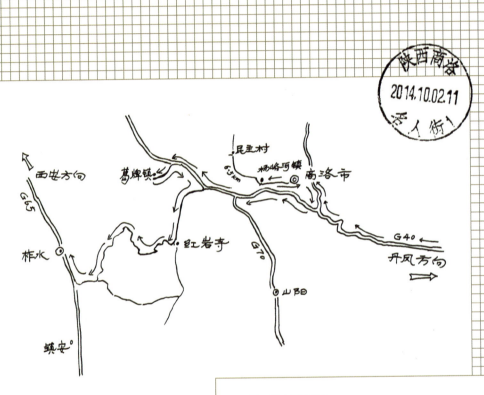

10 月 2 日（星期四）

柞水天气：28—11℃ 多云

今日里程：221 km

累计里程：3157 km

宿：柞水县新君来福城市酒店 333 室

今日支出：包车 400 元（两次），宿费 188 元，餐费 40 元，矿泉水 10 元。小计：638 元。累计：4468 元。

路线：丹凤县—35 km—商洛市—51 km—葛牌镇—53 km—红岩寺镇—82 km—柞水县

遗憾，没能踏访民主村

民主村，有徐海东女儿徐文惠等红军后代于2007年捐65万元建的小学校和红军桥，我想实地看看。这条旧闻是前几天在网上看到的。消息来源是《华商报》，是该报记者强军于2007年08月29日报道的。消息称：

昨日，徐海东大将的女儿徐文惠；刘震上将的儿子刘卫平；陈先瑞中将的女儿陈曦、陈然；黎光少将的儿子黎延平等人，在陕西省委副秘书长桂维民的带领下，来到商洛市商州区杨峪河镇民主村，看望了这里的老区人民，并给商州区捐款46万元，计划在该区修建两座"红军桥"和一所希望小学，他们还给老区人民带来了一个致富的农业高科技项目。捐赠仪式上，徐海东的女儿——中国老区基金会副会长徐文惠激动地说，70多年前，他们的父辈作为红二十五军的战士，曾在商洛战斗过，这里的山山水水都曾留下父辈们的足迹。为了表达对父辈和商洛老区人民的心意，作为儿女，他们从自己的工资中拿出一部分，虽然只是杯水车薪，但希望能带动更多的人关心商洛、支持商洛，让这里的人们生活得更好更幸福。父辈们没

1 203省道5千米处是杨峪河镇，这里是去民主村的必经之路。图为我的行囊与里程碑合影。

2 杨峪河镇省道旁有很多矮山，奇怪的是在半山腰，有一个个的洞窟，不知何用。

有完成的心愿，他们这一代希望能够继续完成。让大家共同努力，使老区人民尽快走出贫困，走向富裕、美好的生活。

红军后代捐款的事情已经过去七八年了，今天民主村是个什么样子呢？

6时30分收拾停当，退了房子来到客车站，7时乘长途车往商洛，8时10分到达，先到红军广场。尔后乘8路公交车，25分钟后到杨峪河镇。去民主村约五六千米的距离，但没有班车，只能打摩托车前往。在近1个小时里，我问了七八个车主都不去，都说不是钱的事，是没时间。我就奇了怪了，在这么一个闭塞的小地方，人们怎么就这么忙呢？真盼有辆黑车出现啊，可惜，没有。无奈，只能落下遗憾了。

返回商洛，计划从此去红岩寺镇，没人能告之是否有班车。查看随身资料，在蓝田的葛牌镇，红二十五军曾建立过苏维埃政权，先去葛牌镇。客运站询问得知，客车直达西安，没有到蓝田的车，况且，商洛距葛牌48千米，商洛到蓝田80千米，若先到蓝田再去葛牌绕远。这时一个出租司机凑过来，告知包车260元。砍到200元，开行。此时刚刚12点。

的士司机挺爱聊的，猜我是北京人，原来他在北京当过兵。听我走红二十五军长征路，马上亲近起来，问我在哪儿当兵。他对红二十五军知道得很多，他告诉我这里还有红二十五军不少战斗遗址，特别是有一座早已废弃的红军医院，几年前院长的闺女还来了，是替她爸爸来的。听得我想去看看。可惜，车已经上了高速路，要想下去，得向前跑二三十千米掉头。嘿！又是一个遗憾。

1 适值十一假日，商洛街头充气娃娃在做促销活动，引来一个小娃娃好奇地观看。

2 今日商洛

3 红军广场纪念碑

2

3

葛牌镇的红色历史

　　葛牌镇，一个深藏在秦岭大山中的小镇子。路况很好，汽车先走商洛到蓝田的高速路，下了高速路后，仅有很短的乡路，还是沥青路面，一路走来几乎没遇到什么车，1个多小时后到达葛牌镇。这里被称为古镇，实在勉强，也许是历史很悠久吧？没想到，"红二十五军军部旧址"，以及"鄂豫陕省委扩大会议旧址""葛牌镇区苏维埃政府纪念馆"，都是铁将军把门，是因为"十一"假期吗？不得而知。都到门口了，就是进不去，又是一件憾事啊！

　　葛牌的红色革命史，要从1932年说起。是年，中国工农红军第二十六军，到达葛牌的铁索桥一带，葛牌镇最早的革命火种，就是红二十六军播下的。

　　1935年2月3日，正值农历腊月二十九，中国工农红军第二十五军长征入陕。由于不清楚葛牌敌情，红军先派了3位女战士化装成民间艺人，一路唱着凤阳花鼓，进入葛牌镇侦察地形和敌情。红军了解到这里仅有一个几十人的民团，没费吹灰之力便进驻葛牌。

　　1935年3月，鄂豫皖省委在葛牌镇召开了省委扩大会议，把

葛牌老街

当时的鄂豫皖省委，改为鄂豫陕省委。会议确定了红二十五军今后的任务是"创建鄂豫陕革命根据地"。同期，建立了葛牌镇区苏维埃政府。

从 1935 年 2~7 月，红二十五军在葛牌镇驻扎了半年之久，期间，红二十五军逐步发展壮大，红二十五军从 2000 多人，发展到了 4000 多人。

在葛牌镇拍了旧址纪念碑及街景后，看看时间还不到下午 2 点，只能继续赶路，下一个目标红岩寺。找到一辆面包车，一口价 200 元。

1　葛牌镇纪念馆

2　旧址碑

1

2

以革命的名义—— 红岩寺戏楼

到达红岩寺镇，先到邮局盖日戳，询问一个来取包裹的小伙子戏楼方位，他说没啥好看的，还说没维修前是个古朴纯正的老物件，现在就是一个水泥架子。通向戏楼的一条百米长的老街，仍有不少破败的老房子，家家都卸下门板，销售着各种商品，尽管没什么顾客。资料显示，自古以来，红岩寺就是一个贸易古镇。早在西汉始元六年（前81年），商州、蓝田、长安等地人将海盐、井盐和京货挑至红岩寺换取毛皮、药材、沙金等，有"民择日聚换"的美誉。

躲在深山里的红岩寺，历来为兵家必争之地。据说，秦二世胡亥元年（前209年），陈胜派宋留率起义军经商州越鸡冠岭在此休整；西汉末年，赤眉军樊崇、逄安部在此招纳兵勇；唐中和三年（883年），黄巢起义军在此操练武艺；明李自成起义军扫地王、黑煞身、爬山虎部驻守红岩寺、大沙窝，在此筹备粮草。这些都是古代的事儿了，也许有传说的成分。而民国二十六年（1937年）陕西省政府在此设立警察局不会是编的，说明这地界的重要性。1935年，红二十五军在这里建立了5个乡19个村苏维埃政权和军事组织，还设立了后方医院和物资仓库，其军事、经济地位不表自明了。

柞水县红岩寺街有座颇具特色的戏楼，修建于嘉庆二十一年(1816年)。楼长11米，宽10.5米，占地面积930平方米。楼基用青砖砌成，距今已有190年的历史。1935年2月11日，红二十五军军部首长郭述申在红岩寺戏楼前召开千人军民大会，宣布成立中共红岩寺区委、红岩寺区苏维埃政府和鄂陕第三路游击师，发展县、区、乡、村苏维埃组织，开辟了以红岩寺为中心的红色根据地。4月中旬，红二十五军军部在戏楼召开会议，将柞水及周边各个根据地连为一片，以红岩寺为中心，成立中共五星县委、县苏维埃政府。主席台就设在戏楼上。红岩寺戏楼成为人民革命的历史见证。目前，戏楼被列为陕西省文物保护单位。

1 门牌

2 老街空落，店铺大多关着门。图为偶遇的一爿小店，门口还摆有模特儿衣架。

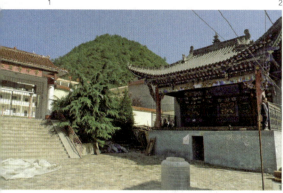

1 1935年2月11日，红二十五军首长郭述申在红岩寺戏楼前召开千人军民大会，宣布成立红岩寺区苏维埃政府。图为老戏楼和其旁的红岩寺中学。　2 穿乡而过的公路和路旁的商店。

链接

商洛的戏曲

秦腔：

又称乱弹，源于西秦腔，流行于中国西北的陕西、甘肃、青海、宁夏、新疆等地，又因其以枣木梆子为击节乐器，所以又叫"梆子腔"，俗称"桄桄子"（因以梆击节时发出"恍恍"声）。2006年5月20日，经国务院批准列入第一批国家级非物质文化遗产名录。

花鼓戏：

商洛花鼓戏唱腔以商洛地方语言为主，是一种在"跳"和"舞"中说唱的汉族民间艺术。花鼓跳法多样，姿态刚健优美，有蹦跳、闪跳、弹跳、扭跳、踏跳等。表演没有固定程式，任由演员自由发挥，2006年入选第一批国家级非物质文化遗产名录。

道情戏：

"商洛道情"源于中国道教化缘时的诵经调，自道教有史以来广为流传，民间利用这一形式进行民间戏剧表演，流传至今。"商洛道情"是陕西道情的始祖。省级非物质文化遗产。

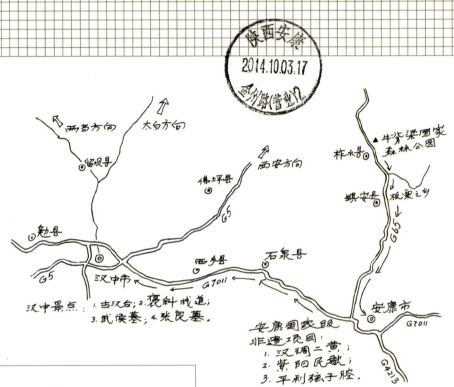

10月3日（星期五）

汉中天气：19—14℃ 晴

今日里程：396 km

累计里程：3553 km

宿：汉中光明大酒店1007室

今日支出：宿费230元，餐费50元，车费260元，存包10元。小计：550元。

累计：5018元。

路线：柞水县—38 km—镇安—121 km—安康—100 km—石泉—137 km—汉中市

走了一天冤枉路

　　按计划今天从柞水县到佛坪，观金丝猴和大熊猫。路况不明，便上了去镇安的车，于是，镇安—安康—石泉—汉中市，落个全天赶路。

　　到了镇安，本应该去红二十五军攻占镇安纪念碑看看。不想今天一早出来后，头就疼得不行。车到镇安，翻看带来的文字资料，说纪念碑在永乐镇一处山坡上，那里有一个院子，是镇安县民政局福利厂，平常少有人来。我想，如果赶到那里，又是铁将军把门——估计"十一"假期都放假了。如此一想，没了去的精神。

1

1　安康老街上一个穿戴时尚的女销售员在专注地玩手机，一个戴着草帽的农民从其身旁走过。

2　安康古老的城门

3　安康老街

2

3

脚已踏上镇安，不妨把《三秦都市报》记者2005年8月17日发表的有关重走红二十五军长征路到达镇安时的一个史料摘录如下：

采访组拜望了一位叫赵青林的老人，他至今还清楚地记得，当年群众看到镇安县苏维埃政府发布《为占领镇安县告群众书》和《关于商业政策问题》两份布

1 "十一"黄金周，安康街头一家电子产品商家在做促销活动，图为促销者向群众散发银手镯。

告，宣布"保证贸易自由，反对奸商，取消一切苛捐杂税、厘金关卡、实行统一的累进税，保护行商，对小商户免税"等政策时，欣欣鼓舞的情形。

镇安县原党史办主任邢显博拿出这两份布告的复印件告诉记者，"告群众书"是时任红二十五军政治部主任郑位三写的，共七条，这样专门针对群众宣传党的政策的文件，是红军长征中的独一份。

这两份珍贵文件的发现，纯属偶然。当地党史办负责人谢红云介绍，1984年的一天，县城后街居民陈炳生拆除老屋时，从土墙洞里发现一个红色纸包，打开一看，原来是当年在县工商联当职员的父亲留下的两份文件，经党史专家辨认，两份文件正是《为占领镇安县告群众书》和《关于商业政策问题》的原件。

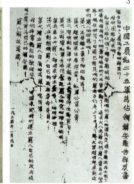

2 1934年12月20日，红二十五军在镇安县发布的《关于商业政策问题》的布告。原件收藏者是镇安县陈炳生。（资料照片）

3 1935年1月9日，红军散发的《中国工农红二十五军为占领镇安县告群众书》。图为陕西省镇安县陈炳生收藏的《告群众书》原件。（资料照片）

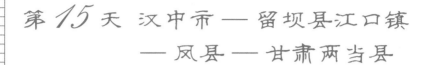

第15天 汉中市—留坝县江口镇—凤县—甘肃两当县

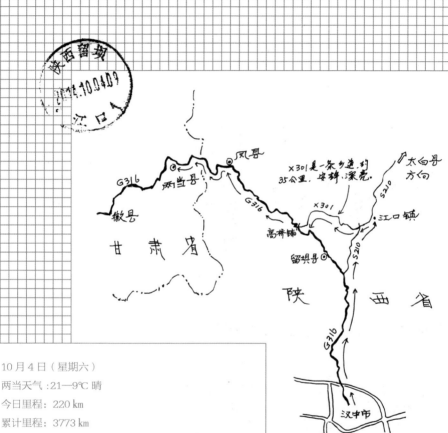

10月4日（星期六）

两当天气：21—9℃ 晴

今日里程：220 km

累计里程：3773 km

宿：两当国际大酒店 517 室

今日支出：车票 124.5 元，宿 265 元，午餐 52.5 元，晚餐 101 元，饼干等 10 元，打的 10 元。小计：563 元。

累计：5581 元。

路线：汉中市—95 km—江口镇—89 km—凤县—36 km—两当县

汉中：汉人、汉族、汉文化

写下这个小标题后，马上感到涉及内容大且多，这不是几百字能够说清楚的。汉中，文化底蕴厚的几本大书也道不完的，而我仅仅想借个把小时的参观就要怎么的。呵呵，有点自不量力。

6点到车站，购买去留坝县江口镇客车票，最早一班是9点20分开车。离开车时间还早，先去拜将坛看看。

汉中，记录了汉高祖刘邦在此统一天下建立汉王朝的历史。还有一说，这里是"汉人""汉族""汉文化"种种称谓的发祥地，在此声明，我没有做过考证。

清晨在拜将坛前，一只小狗在寂寞中等待晨练的主人。

拜将坛没开门呢，门前广场有很多晨练的人。寂静的街道，高大的门楼，遛狗的老人，还有早点摊铺，构成一幅市井图，没有人会想几千年前的跟前儿发生了什么。门口的介绍牌，让我对拜将坛有所了解，古坛始建于公元前206年，是汉高祖刘邦举行仪式拜韩信为大将的遗址。

说到这儿，就不能不说"萧何月下追韩信"及"寒溪夜涨"的故事，距这里45千米的留坝县马道镇北侧的凤凰山下，有"萧何追韩信处"。现存有嘉庆十年和咸丰五年两通石碑，记载着公元前206年"萧何月夜追韩信"的典故。相传韩信弃楚投汉之初未受重用，无奈不辞而别，独骑北上，是夜寒溪夜涨，道路受阻。

萧何星夜追至，力劝韩信回到汉中。萧何说服了刘邦，择良日，设坛场，拜韩信为大将，终成帝业。"不是寒溪一夜涨，焉得汉室四百年"典出于此。韩信被拜为大将后，首先统帅三军"明修栈道、暗度陈仓"，攻取了关中；继而北征西进，逐鹿中原，辅佐刘邦成就帝业，建立了西汉王朝。拜将坛是汉王朝的发祥地，亦是不拘一格重用人才，得人才者得天下的历史物证。

"狡兔死，走狗烹；飞鸟尽，良弓藏；敌国破，谋臣亡。"也是人们耳熟能详的故事，我就不多啰嗦了。历史有惊人的相似之处，而且不断重复。

其实，在汉中若默默地行走，你会发现很多很多值得记录的人和事，比如汉中城固人氏，西汉著名的探险家、外交家张骞；还有埋葬在汉中洋县的中国四大发明之一造纸术的发明人蔡伦等。

在汉中可以领略刘邦的帝王气象，韩信的文韬武略，张骞的开拓凿空，蔡伦的伟大发明，这是汉民族绵延千年、生生不息的文化根脉。

汉中，不止一次南下时从其身边经过，不止一次想停下来探访其奥秘，然而，都因为这样那样的借口错过再错过。这次，仅用开车前的一点点空余时间看看拜将坛，也没能如愿。之所以写下"汉中：汉人、汉族、汉文化"标题，是告诉自己，一定要专程来一次汉中！

1 汉中街景

2 没有任何卫生设施的凉皮加工方式，其旁不远处便是一辆垃圾车。

1

2

你能不能对外地人好一点

在客运站窗口买了去江口镇的车票，这趟车的终点是扶风，不进留坝县城，对我来说缩短了距离，节省了时间。我要在江口镇下车，看看红二十五军途经江口时的军部旧址。离开车还有半个多小时，票就售罄。估计是"十一"期间出行的人较多。

坐在车上等着开车。一会儿，随车的售票员在我面前哇哇地说着啥，我旁边座位上一个瘦小伙看着我说，他是跟你说话呢。嘿，原来售票员是个斜眼，与我说话却看着旁边的人。我也听不懂他说啥。瘦小伙说，他让你换乘去留坝的车，并说那车先走。

我开始没多想，只是说从留坝再倒车去江口镇太麻烦，特别是我还拿着行李。见我不同意，售票员很不高兴。其实是他自己认识的一个人买不到票了，又想搭这辆车。随后，售票员便找我的麻烦，说我的行李不能放在发动机上面等。瘦小伙看不过去了，对售票员说，你能不能对外地人好一点？人家两眼一抹黑，你还给人家瞎支招。坐这辆车明明直接到江口，你非得让人家先到留坝。售票员自知理亏，不再言语。

与瘦小伙聊天得知，他是本地人，现在在济南工作，多年前考大学到的济南。他说，到济南的第一天就遇到一件事，他的行李不小心碰了一个男的，那人不依不饶，这时旁边的一个老者说了一句话，让他记忆不忘，老人说，你能不能对外地人好一点？人家两眼一抹黑，又不是有意的，况且也没伤着你啊，你看你这不依不饶的，别给咱济南人丢脸啦。小伙子说他当时真的好感动。

车到江口，我与瘦小伙道别，还留了电话，希望他什么时候到北京与我联系。

如今即便是比较偏远的县镇，都有长途客车驶达或经停，车内都还舒适。汉中到扶风的客车是厦门金龙公司生产的。图为下车的农民在取自己的行李。

被誉为"中国县域旅游之星"的留坝，其宣传语别具一格"留坝请您留下吧"。图为两位骑行者从广告牌前经过。

"留坝请您留下吧"

提着行李左右探望，希望把包存在谁家。这时一男子迎面走来，我上前询问罗家大院红二十五军军部在哪儿？他指路给我说，看到没有前面那个牌子。我抬眼望去，在大概二三百米的路旁，有一个明显的路牌，竖着写着"留坝请您留下吧"，横着写着"河西村"三个字。我又问他，有没有存包的地方，他又一抬手说："那家食品店是我的，放那里就成。"又补充说，放心，第一丢不了，第二不收钱。我说，您这么爽，真有"留下来"的冲动啊！问他附近是否有餐馆？他说过了桥，在客运站旁有家熏肉小吃店，是他开的。我告诉他，一会儿到他店里吃午饭。

存了行囊，顿觉轻松了许多。沿男子指示方向去河西村，脑子中的罗家大院是高高的门楼，宽宽大大的几进院落。一直到村头看到的都是不够高大的房子，正在这时，一个男子从后面撵了上来，还没等

1 1935年7月25日到30日，红二十五军在留坝县江口镇驻扎，图为设在河西村的军部旧址。

2 目前住在被称为罗家大院的仍是罗家的后人。与正房连接的一间房子屋门大敞，内有炉灶及锅碗瓢盆等，简陋且凌乱。

3 村民山黎明说，听老人回忆，红二十五军在江口镇整休期间，军部就设在这个叫作罗家大院内，司令部办公在罗家上房堂屋。其他几位领导住在堂屋旁边的几间房里。图为山黎明在红二十五军军部旧址院内向本书作者介绍情况。

我开口便问我是不是找红二十五军军部？男子名叫山黎明，不到40岁的样子，不修边幅，头发蓬乱，显得有点邋遢。我们边走边聊，不一会儿，就来到一座普普通通的院子前，如果不是墙上写着红军标语的话，看不出与旁边农舍有什么不同。山黎明介绍说，听老人回忆，红二十五军在江口镇整休期间，军部就设在这个院内，司令部办公在罗家上房堂屋。其他几位领导住在堂屋旁边的几间房里。

我随山黎明进了院子，正房黄色的木门紧闭，上方书有"德振家风"四个大字，窗口处已经有大的裂缝。房子都是土坯墙，灰瓦覆顶，正房一侧有三间，而另一边的房子已经坍塌，仅留有部分残墙。院内晾晒着被褥，主人可能不会走远。"老人家一定是捡石头去了。"山黎明指着地上花纹漂亮的大大小小的石头说。我说政府应该好好整修整修啊！塌的房子重新盖起来。山黎明介绍，这已经不错了，早先更是破旧，经多方呼吁才形成今天这个样子。他接着说，当年红军开会用的八仙桌和椅子，以及大床什么的都还在。再不保护的话，这些历史实物要是遗失了可就太可惜了。

紧挨正房还有一个院落，也无人影，屋门大敞，内有炉灶及锅碗瓢盆等，简陋且凌乱。

在与山黎明交谈的过程中，我得知他很是喜欢家乡的文物古迹，平常还写些文字。我鼓励他把红军在江口的活动情况记录下来。他说也想这么做。他还告诉我距这里不远处，有一个纪念碑，就在当年红二十五军进山的道口，他愿意领我去看看。

沿着210省道，向北大约2千米的样子，在公路的旁边有一座高为3米左右的红二十五军纪念碑，这是2010年8月留坝县委及政府修建的。碑文记述了1935年7月25日，红二十五军到达江口镇整编，击溃了江口民团冯雨三部，红军有五人牺牲；红军在江口镇打土豪、分财产、建政权，扩大了鄂豫陕根据地；30日，红军离开江口北上等史实。还记载了1936年2月，陈先瑞率红七十四师及1946年8月，王震率359旅在江口的事迹。

据《红二十五军长征纪实》（河南人民出版社，1986年8月版，芦振国 姜为民编，第301页）记载："7月30日，省委在留坝江口

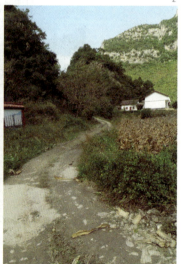

1 1935年7月25日，红二十五军到达江口镇进行整编，30日离开北上。图为纪念碑。

2 红二十五军到达江口镇后，打土豪、分田地、建政权。图为红军经过的山口。现在这里建有纪念碑。

镇给鄂陕、豫陕特委发出两封指示信，具体指示了坚持鄂豫陕地区游击战争的方针和任务。"文中没有详述具体内容。在同一本书上第238页，我看到郭述申的《寄语商山忆英烈——缅怀吴焕先同志》一文中有如下记录："我们西征北上路过江口镇时，他曾两次给留在商洛山中的郑位三、陈先瑞同志写信，说明当前形势和红二十五军新的战略任务，决定将鄂陕、豫陕两个特委合并，组织新的鄂豫陕特委……"

我还看到一个出处不详的资料上说："据《红二十五军战史资料选编》记载：政委吴焕先于7月25日、7月30日分别给郑位三、李隆贵、陈先瑞发出的两封指示信，信后落款标注留坝江口。由此可见，红二十五军在江口休整6天。"

如此看来，江口镇河西村罗家大院的红二十五军军部，其在历史上的重要作用是极其高的。

在江口红二十五军军部遇到山黎明，他免费做向导；还遇到免费存包的男子，他们让我感到，留坝真是一个好客的地方。

坐在去往凤县的车上，我想到那块路旁的牌子，上面的几个字："留坝请您留下吧"。

本书作者（右）与途中相遇的骑行者合影留念。

"黄金周"让偏僻小县城火爆

　　到达凤县已是傍晚6点多了，提着行李找住的地方，连进三家酒店都客满，最后到一个家庭小旅店打探，也无房间，由此证明，凤县已是投宿无门了。万万没有想到，如此偏僻的县城竟然也借"十一"黄金周变得火爆啊。坐在路边一个小卖部门口的小凳上，买了店家一包饼干和一瓶矿泉水。

　　此刻我不由得想到2002年中秋节曾经到过这里，那时没有什么楼房，就是一个乡镇的样子。当时，我与另外3个朋友驾车途经此地，不料车坏了路口，我们看到路边一个院子里有一辆红色摩的，于是，高声询问司机在哪儿。话音刚落，就从旁边的二层小楼上走出嘴里还嚼着食物的一个年轻人。今天是中秋节，他们全家刚坐在一起吃团圆饭。

　　坐摩的进县城，到该县最大的修理进口车的修理厂，修车师傅不在。摩的司机看着我们着急的样子，安慰说："不然让我妹夫帮你们看看？"20分钟后，他的妹夫赶来了，经过一阵忙活，最后发现是总泵中的皮碗破损。

　　摩的司机叫陈龙，那年他29岁。凤县县城太小，没有"帕杰罗"需要的配件，最终买一个"解放"牌卡车上的皮碗替代。前前后后用了3个小时的时间。我们庆幸遇到了陈龙和他的妹夫，修车费和打摩的费用共计110元。

　　我把这个故事讲给小卖部老板听，他自豪地说，我们凤县人都很实在的。

　　我问老板，不知甘肃两当住宿难不难？他说，两当好住的，虽然两当也有山有水以及"两当兵变"遗址，但交通等设施还是差些。

　　本打算明天去两当，看来得改变计划了。从老板处得知，去两当县的班车已经没有了，只能包车。看着已经擦黑的天空，我请老板帮忙叫个车。不一会儿，老板的一个朋友开着一辆捷达来了，他说，150块。并解释说，虽然一去仅40千米，但是返回天就黑了，不会有人乘车了。他补充说，假如路上再遇搭车的，适当减少。我答应了，条件是到了两当帮我安排好酒店，司机同意。

果真在刚刚出城的路边，就有一对中年夫妇招手，司机一边停车一边对我说 120 块。司机打了两个电话，便确定两当国际大酒店有房子，265 元。中年夫妇说，那是两当最好的酒店，太贵了，而且在城外，很不方便。他们还告诉我，他们家不远处刚开张一家宾馆，在县城中心，估计也就 100 块。我感谢他们的热心。但还是决定去两当国际大酒店。我对司机说，你一会儿还得返回凤县，都是山路，给我直接送到两当国际大酒店就行了。其他酒店说不定因为便宜客满了。中年夫妇说，看看人家，真是善解人意啊。

司机把我送进酒店，待我办好入住手续后方才离去。

两当国际大酒店条件很是不错，没有什么人住宿。入住后我把图片发微信上，并说没有花钱的不是，住着就是舒服。迎来了一致点赞和鼓励。小兴弟说："住好、吃好、才能把事干好。"小瑛妹说："出门在外，住的吃的都要好些，照顾好自己，不生病，才能做好自己要做的事。"

借大家吉言，晚餐花了 101 块，吃得不错。睡个好觉。

第四节 陇原山川江南景

　　甘肃东南部的天水，有小江南之称。境内除有举世闻名的雕塑宝库麦积山和迄今5000~7000年前的秦安大地湾古遗址外，伏羲文化、三国文化及秦文化的遗风民俗也十分丰富。红二十五军从两当到麦积经天水入秦安，真是一路好风景，只是他们昼夜兼程无暇欣赏。红军进入宁夏隆德县兴隆镇，领略了回族地区的风土民情，发生了很多故事，陕义堂清真寺的阿訇拜福贵会讲给你听。翻越六盘山再入陇东平凉，境内的道教圣地崆峒山、西王母设宴的王母宫山等众多古迹任你凭吊，而庆阳的"非遗"项目让人目不暇接：陇剧、唢呐、剪纸、社火及皮影戏等。这是一条不是江南胜似江南、一步一奇步步惊喜之路啊！

第16天 甘肃两当县

两当县四面环山，316国道和宝成铁路拦腰通过。苍苍莽莽的森林全覆盖，绝对宜居之地。

甘

肃

省

陕

西

省

太阳乡

宝鸡方向

两当县政府

G316

S212

天水方向

G316

G316

徽吾

宝成铁路

10月5日（星期日）

两当天气：25—10℃ 晴

今日里程：56 km

累计里程：3829 km

宿：两当粮贸宾馆102室

今日支出：宿168元，的士120元，矿泉水4元，餐费21元，水果20元。小计：333元。

累计：5914元。

路线：两当县—28 km—太阳寺—28 km—两当县

休闲宜居、文化丰厚话两当

我本次行程是追寻红二十五军足迹，但遇到其他事件或事迹也会予以记录的，比如"两当兵变"。昨天天黑才到两当，特别是入住的酒店正如搭车的中年夫妇所说离繁华的街区较远，酒店周围一片黑暗。

今天一早，发现酒店周围一片好看的景色，马路宽阔，河岸整洁，而隔水就是两当兵变纪念馆。我沿着河向桥的方向走去，还看到远处楼顶两当汽车站的字样，挨着车站，明天继续前行都方便。

两当的游人不多，两当兵变纪念馆就是证明，仅有三三两两的当地人带着孩子或老人在这里休息、嬉戏。

纪念馆中心广场，是"两当兵变"七人雕像。他们是"两当兵变"的决策者和指挥者，有习仲勋、刘林圃、吕剑人、李秉荣、左文辉、许天杰、李特生等。据说纪念馆所在地就是1932年"两当兵变"部队的集结地。

纪念馆内设三大展厅：第一展厅为"两当兵变"事件展厅，主要展现"两当兵变"前的国内局势、"两当兵变"的酝酿发动和重大影响；第二展厅为红色传承展厅，主要展现大力弘扬两当兵变精神、迎接两当解放、建设两当的历程；第三展厅为人物生平展厅，主要展现了"两当兵变"主要领导人习仲勋的一生。

尔后打车到老南街，那里有两当兵变遗址。出租司机是土生土长的两当人，他说老南街花了好多钱整修，没有什么游人，店家的门多是关着的。我说，旅游

1 两当兵变纪念广场上的群雕，他们是兵变的决策者和指挥者，有习仲勋、刘林圃、吕剑人、李秉荣、左文辉、许天杰、李特生等。

2 青山绿水、天朗气清的两当县。图为隔水眺望两当兵变纪念馆。

1 复建后的老南街，游人稀少，大多店铺都铁将军把门。两当兵变旧址坐落在这条街上。图为老南街入口。

2 两当兵变遗址旁建有"全国青少年教育基地"。图为游人在纪念碑前留影。

是个慢慢来的事。真要人多了，你就该烦了。他问我去没去太阳寺？我说准备下午去。

正说着，车到两当汽车站，红旗招展，大喇叭高叫，彩虹门挺立，这里正在举办小吃展示活动。我问司机是怎么回事？他说，新站建成好几年了，可是一直没有启用。原因很多，有的说是县政府让客运站偿还盖楼的贷款，客运站说没钱；有的说是因为收取客车停靠费偏高，司机不同意，还是在老站聚集；还有的说这里太偏僻，乘客太少。总之，已经几年过去了，就是没开张。如今成为一个临时的市场了，今天卖服装，明天卖土产品。反正是国家的钱，少有人会心疼的。我赶忙掏出相机隔着车玻璃拍了一张图片。

他接着说太阳寺，如果包车可以120块。他说，一般来回150块，不信可以问其他车。我说我要在那里参观，得一两个小时。司机说没问题。

老南街正如司机所言，仿古一条街一片萧条。两当兵变遗址坐落在街的中部，准确地说是旧地址，因为所有的房子都是新盖的，没有一点点"修旧如旧"的感觉。这里有电视轮番播放"两当兵变"的历史，参观一路都伴着片子中的音乐声。

1 "陇上明珠，诗画两当"，陕甘省界处石坊。

2 两当街景

3 1949年前的两当县城（资料照片）

在旧址旁边还有一个很大的仿古院落，匾额上写着"全国青少年教育基地"，里面有不少的房间，只有几间展示的是"两当兵变"的历史，还有与遗址播放的同一部电视片，其音乐弥漫着整个屋里院外。在门口我遇到一个工作人员，我对她说，应该把这些空着的屋子利用起来，比如弄些两当的风景图片介绍给游人，再比如，当年红二十五军也在两当打土豪分田地，办个展览也很好啊。还可以介绍一下两当的农业生产、土特产品。她说，这些都是领导安排的。

两当是一个休闲宜居，文化丰厚的地方。有八仙之一张果老修行的登真洞；有云屏西姑庵、唐朝宝峰院遗址和王羲之家谱发现地。其人文资源独特而丰富，诗人杜甫、陆游等都曾到过此地，留有千古绝唱。自古就有香泉印月、故道松涛、镜峰捧日、琵琶秋水、天门锁云、乳洞飞雨、窑渠柳浪、嘉陵晚渡八大景观之说。两当属北温带湿润性气候，年降水量充足，植被良好，既有肥沃的丘陵地貌，又有苍莽的原始森林；既有如镜的平坝田园，又有直指苍穹的剑峰危崖。这里有600多平方千米的群山和莽莽苍苍的原始森林。张家乡黑河和云屏西沟峡流域自然保护区内，有羚牛、香獐、水獭、斑羚、大鲵、金猫、猕猴、雪豹等国家保护的珍贵动物。还有狗熊、野猪、山羊、獾、狐、豹等野生动物和锦鸡、画眉等珍贵观赏鸟类。当然啦，我在两当待这么短的时间，不可能亲自目睹这些，但就这里的环境就足以让人向往了。

两当兵变（节选）

来源：《陇南党建》网　2012-06-25

"两当兵变"是第二次国内革命战争时期，中国共产党领导下在西北地区发生的一次武装兵变，也是在甘肃发动最早的一次武装起义。兵变于 1932 年 4 月，由陕西省委指挥，许天洁、刘林圃、习仲勋等人在甘肃省陇南市两当县发动，兵变失败。

自 1929 年起，中共陕西省委先后派李特生、李秉荣、习仲勋到驻防长武县的国民党十七路军警备第三旅二团二营开展秘密地下兵运工作，他们成立了党小组，在国民党士兵中宣传革命思想，积极发展中共地下党员。1930 年 4 月，报请陕西省委同意后，在该营建立了党委，成立了三个地下党支部，发展中共党员 50 多人，李特生、李秉荣、习仲勋先后任营党委书记。陕西省委又派共产党人吕剑人、陈云樵来部队协助他们工作。

1931 年冬，警备第三旅二团一营（由原二营番号改）移防陕西凤县。1932 年春，杨虎成命令该营由凤县开往甘肃徽县一带驻防，引起该营官兵不满。营党委书记习仲勋召开营党委扩大会议，会议认为乘换防之机举行兵变的条件已经成熟，决定在部队到达两当县城时举行起义，遂立即向陕西省委请示，省委同意发动兵变，并派省委军委秘书刘林圃为特派员，赶赴凤县具体指导兵变。

1932 年 4 月 1 日下午，国民党警备三旅二团一营行至两当县城休息。午夜 12 时，按预定计划，兵变行动开始。在习仲勋、刘林圃、吕剑人、李特生、许天洁等组织指挥下，兵变官兵迅速行动，击毙了顽固反抗的三个连长，营长王德修脱逃。因机枪连顽固抵抗，为减少损失，习仲勋等人召开紧急会议，决定立即撤出县城。参加起义的200 多名士兵部队在北门外集中后，沿广香河连夜北上。4 月 2 日上午 9 时到达两当县太阳寺，在这里，部队宣布改编为陕甘工农游击队第五支队，并选举许天洁为支队长兼三连连长，习仲勋任队委书记，吕剑人、高瑞岳分任一、二连连长。部队决定继续北上，前往陕西省旬邑县与刘志丹率领的革命武装部队会合。部队行军途中，先后与国民党军队、地方民团、土匪连续作战，损失很大，到达陕西永寿县时，被当地土匪王结子包围，经过激战，终因敌众我寡而被打散。兵变至此失败。

两当兵变虽然失败了，但极大地震慑了敌人，鼓舞了人民的革命斗志，显示了我党地下组织生气勃勃的战斗力。两当兵变为中共改造旧军队，创建和扩大革命武装积累了宝贵的经验。两当兵变拉开了甘肃部队武装斗争的序幕，为陇南乃至甘肃地下党的诞生和发展奠定了坚实的社会基础。

走进太阳寺

老南街距老客运站很近，我先看看到天水市方向的班车时间，得知明早 7 点有车，尔后在距车站 200 米处找了一家宾馆，为明天早晨乘车方便。吸取昨天在凤县无房的教训，我电话天水几家酒店，均告客满。我决定明天一早赶往麦积山后经天水到秦安县住宿，电话秦安宾馆订了房。办理停当才 10 点半，给刚才的出租司机打电话，前往太阳寺。路过两当国际大酒店，退了房，把行李放到车上。

山路很平坦，仅 28 千米。与司机闲聊，我说两当环境、空气好，

1　红二十五军在太阳村住地之一（资料照片）

2　红二十五军在太阳村住地之二（资料照片）

1

2

1 红二十五军长征途经两当——太阳村行军路线图(资料照片)

2 红二十五军休整地——前川村吊脚楼。该楼建筑面积127.7平方米,二层阁楼廊檐灯笼吊花锤风格,明清时为染房。据见证人张德贵老人介绍,此楼曾是前川街上有名的门面房。红二十五军领导程子华、徐海东、吴焕先等在这里召开群众动员大会,并在这里住宿一夜。(资料照片)

人也不多,在这里生活真好。他说,两当是"饿不死,吃不胖"的一个地方。他解释说,在这里,再懒惰的人也有饭吃,这叫饿不死;但是你想在两当发大财是绝对不可能的,这叫吃不胖。所以说两当是平平淡淡的一个小地方。司机还说,两当确是挺适合居住的,全县5万多人,县内顶多1万人,最好的房子每平方米2700元。男人只有一个有意思的事——开车。

去太阳寺的路不宽但很平坦。出租司机介绍说,过去到太阳寺的道路异常难走,弯弯曲曲,越山过河,道路时常被冲毁,有"七十二道脚不干"之说。说话间,车子就到达太阳寺。太阳寺以境内有太阳寺而命名为"太阳"。这里以前是太阳乡,撤乡并镇后现在改为"太阳工作站"。工作站是一级什么组织?司机也说不清。

这里是"两当起义"部队改编地,明显的标志是那棵树龄达600多年的古槐,现在在古槐旁建成了纪念广场。1932年4月2日午夜12点,在中共党员习仲勋、刘林圃等人领导下,杨虎城十七路军警三旅二团一营200多人在两当县城发动了著名的"两当起义",起义部队于4月3日在太阳寺改编为中国工农红军陕甘游击队第五支队。一条崭新的石板路和两旁新造的房屋,构成了石坊上的三个字——红军街。

红二十五军也是从这条路上走过,奔赴天水方向。

3 红军路石坊

1 见证红军到此的石碾。

2 如今这条已经变成平整石板路的驿道，1935年7月，红二十五军也从这里走过，奔赴天水方向。

3 太阳寺，树龄达600多年的古槐下，是当年，"两当起义"部队改编地，现在在古槐旁建成了纪广场。

4 太阳寺的儿童

链接

红二十五军长征在甘肃

1935年8月2日，红二十五军由陕甘交界的陕西双石铺（今凤县县城）进入甘肃。8月3日，红二十五军攻占甘肃两当县城。9日，攻克天水县城北关，缴获一批军用物资。11日，北渡渭河，占领秦安县城。14日，威逼静宁县城。15日，抵达回民聚居地兴隆镇（今属宁夏），中共鄂豫陕省委召开会议，决定部队休整3天，严格执行民族政策。17日，攻占隆德县城，消灭了国民党第11旅2团1营大部。当晚翻越六盘山。19日，对平凉城实施攻击。20日，平凉马莲铺战斗击溃国民党尾随部队一部。21日，泾川四坡村战斗，冒雨南渡汭河。战斗中，军政治委员吴焕先不幸中弹牺牲。从8月14—31日，红二十五军截断西兰公路18天。

9月4日，合水县板桥镇战斗。7日，到达豹子川（今属华池），中共鄂豫陕省委召开会议，决定程子华代理中共鄂豫陕省委书记兼军政治委员，徐海东任军长，郭述申任政治部主任，戴季英任参谋长。15日，到达陕北延川永坪镇，结束长征。

第 17 天 两当县 — 徽县 — 天水市 — 秦安县

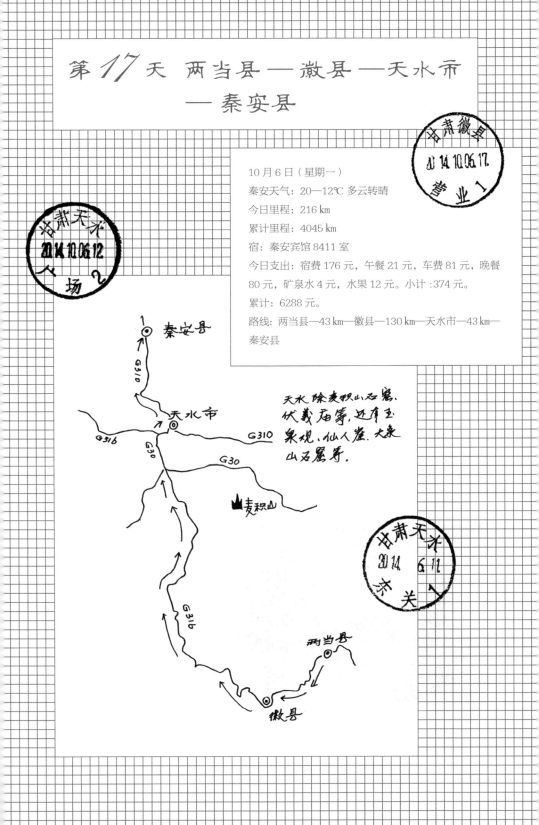

10月6日（星期一）

秦安天气：20—12℃ 多云转晴

今日里程：216 km

累计里程：4045 km

宿：秦安宾馆8411室

今日支出：宿费176元，午餐21元，车费81元，晚餐80元，矿泉水4元，水果12元。小计：374元。

累计：6288元。

路线：两当县—43 km—徽县—130 km—天水市—43 km—秦安县

秦安县

G310

天水市

G316   G310

G30

G30

麦积山

天水 除麦积山石窟，伏羲庙等，还有玉泉观、仙人崖、大象山石窟等。

G316

两当县

徽县

今天从两当去天水，昨天打听是 7 点发车，6 点 30 分到车站，见车下一堆人，车上无一人，暗中窃喜，以为提前半小时还是第一个。上车后但见每个座位上都有东西"占座"，一瓶矿泉水、一个塑料袋，一直到最后一排，满员。问随后上来的一女子，啥时都被占领了？回曰昨天下午，她昨日下午 2 点来仅剩两座了。

因为这是两当唯一到天水的车。那怎么办？赶忙打探，得知有到成县的车经徽县，从徽县换乘去天水，7 点 50 分发车，赶忙换车，好在这车还没有什么人。距天水 35 千米有一个老的镇子叫新阳镇，当年红二十五军打此经过。我不打算探访了，但想看看有没有什么人去过写过什么，于是上网输入新阳镇。搜到作家雷达的博客。原来雷达是天水新阳镇人，他在其《新阳镇》一文中有如下记述：

老人们说得最多的，是 1935 年 8 月 9 日，红二十五军徐海东程子华部在长征中度过渭水，驻扎于我王家庄、赵家庄的事迹。据 92 岁的王纯业先生给我的信中说，那天正逢集日，在办庙会，唱秦腔；因先前墙上多刷"红军可怕""共产共妻"之类标语，大军忽至，群众惊得目瞪口呆。但大军秩序井然，群众并未惊逃，戏照唱不误。大军在河边磨工们的帮助下安然渡过河。首长给每个磨工赠送了中药两丸，说是治感冒和肠胃病有奇效。晚饭部队入各农家，凡取用百姓瓜菜，面粉，油盐者，必放置铜元，银元，红白糖，茶叶等物补偿，超过了市值。那天红军独未进国民党 119 军军长王治岐的家。程子华与王治岐在黄埔军校同过宿舍，八十年代两人在黄埔校友会上见了面。王说，"当年何不进我家院子"，程说，"你家土坯房破破烂烂，战士不愿进啊"，二人遂拊掌大笑。

仍有需求的锄头镰刀。

有关军人的事儿，雷达还在该文中记录了亲眼见到的一件事情：

1950年冬，解放军西北野战军某部进驻新阳镇，后又撤出。我当时虽只六岁，记忆清楚。团部设在阎家场，连部就设在我家。解放军改善伙食爱吃粗粮饺子，用木桶装，每次总不忘用马勺给我盛上一

1　糖炒栗子

2　卖馍人

3　稍息

4　品种齐全的干果摊

5　赶集

儿童售票员

碗。但春节之夜却出了大事：那晚军民联欢，院子里吊着汽灯，军队演一活报剧，剧情高潮时，"革命者"要用枪"打死""叛徒"。谁知那天枪里有真子弹，砰的一声，对方真的被打死了。当时一片混乱。死者被用门板抬向团部急救未果，而开枪者当即被控制起来，就关押在我家的小耳房里，日夜有人看守。第二天，被打死的那位文化教员，装了棺材，在广场隆重举行了追悼会；而那个开枪的人，一周后在山根下被枪毙了，定性为故意杀人。这支部队的老战士们，料应记得这一段公案。

看完雷达的这篇文章，1950年联欢会上枪击事件让人感叹，我想，若放在今天，大概开枪的战士不会被枪毙的。

还没继续多想，车开动了。司机10来岁的儿子负责卖票，让我叹为观止。不动声色地拿出相机拍下这个镜头，不知说啥好。

天水，一个值得驻足的地方

9点到徽县，站前有邮局，盖日戳。今天乘车的人真多，9点20启程去天水。在娘娘坝堵车修路近1小时，到天水12点40分。原计划从两当到天水后转车到麦积山石窟（62千米），然后返回（62千米），参观天水博物馆和伏羲庙，最后到秦安住宿（42千米）。但目前时间肯定不够。临时决定下午去天水博物馆参观，然后再到秦安，明天从秦安到麦积山。

去秦安的车每10分钟一班，随时买票。先在站前牛肉拉面馆来

1 "性洽南陔"匾额

2 彩绘

3 玩滑车的小孩与胡氏古民居内的一个老门楼。

4 天水胡氏古民居，属明代民居古建筑，位于甘肃省天水市秦州区民主西路。2001年6月25日公布为全国重点文物保护单位，是我国西北地区唯一现存的明代品官府第。

碗面，6元，绝对便宜，加肉一份7元，可口，再加一份，糖蒜一份1元，计21元。饱饱的。

1点20分打的到胡氏古民居。看过胡氏古民居后前往天水博物馆，博物馆和伏羲庙前后连接。听导游介绍，最原始的伏羲庙在卦台山，明代时为了方便祭祀，在现在的地方新建了一座，没想到如今也是国家级文物保护单位了。导游还说，从原伏羲庙往下看渭河走向，呈现出太极图最原始的样子，天水是易经八卦的发源地。伏羲，又被尊为"龙祖"，于是天水也被称为"龙城"。古诗"但使龙城飞将在，不教胡马度阴山"，龙城就是指的天水，现在天水还有李广墓。

伏羲庙的后院，便是天水博物馆，建筑应该是仿古，与伏羲庙不可同日而语，特别是伏羲庙内的古树，棵棵都得几百年的历史。想了解天水，博物馆一定要看看。天水市博物馆是一个地市级综合性历史博物馆，除展示与天水有关的展览外，还担负着天水地域内文物的征集收藏、科学研究和全国重点文物保护单位伏羲庙、胡氏古民居建筑的保护管理工作。

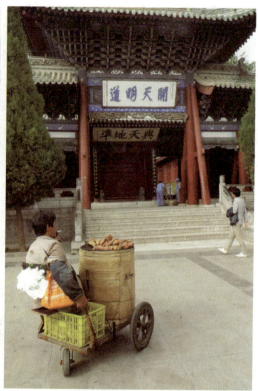

1　伏羲庙，又称太昊宫，因伏羲位居三皇之首，天水伏羲庙又被誉为"华夏第一庙"。图为伏羲城石坊。

2　伏羲庙内原有古柏64株，现存古柏37株，唐槐一株，古木参天，鸟雀翔集，古趣盎然，成为伏羲庙的又一胜景。

3　伏羲庙每年重大的祭祀活动有两次，即正月十六日以民间祭祀活动为主的传统庙会和夏至日举行的由甘肃省政府主办的公祭伏羲大典，来自海内外数万人华夏儿女前来参祭。

4　庙内现存古建筑始建于明代成化年间，总占地面积3.5万余平方米，建筑面积5000余平方米。图为庙外卖烤白薯者。

5　伏羲庙位于天水市秦州区西关伏羲路北。全国重点文物保护单位。图为卖香的摊点。

第18天 秦安县—天水市麦积山—秦安县

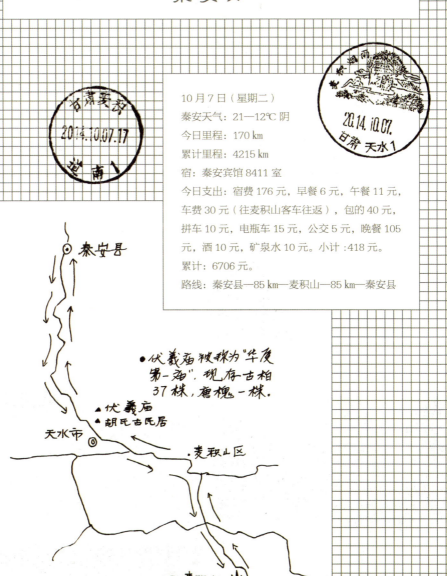

10月7日（星期二）

秦安天气：21—12℃ 阴

今日里程：170 km

累计里程：4215 km

宿：秦安宾馆8411室

今日支出：宿费176元，早餐6元，午餐11元，车费30元（往麦积山客车往返），包的40元，拼车10元，电瓶车15元，公交5元，晚餐105元，酒10元，矿泉水10元。小计：418元。

累计：6706元。

路线：秦安县—85 km—麦积山—85 km—秦安县

秦安县

●伏羲庙被称为"华夏第一庙"。现存古柏37株，唐槐一株。

▲伏羲庙
▲胡氏古民居

天水市

●麦积山区

麦积山石窟

由麦积山想到的

多亏我前天在网上预订了天水以北42千米处的秦安县的酒店，天水酒店家家爆棚。昨天下午3点50分从天水上车，4点45分到达秦安县，入住秦安宾馆。

今早，乘长途客车去天水麦积山。

记得大概是二十四五年前到甘肃天水公差，临走的那天早晨赶到麦积山，由于太早，人家还没开门。当时，车子能一直开到山脚下一个寺院门前（见本页图2），仰头看着山崖上的栈道，以及几尊造像，干着急就是上不去。那时手很是勤快，在随身带的采访本上草草勾勒了几笔，就匆匆离去。再后来出版了一本叫《山川情旅》的小书，收录了我写的30多篇游记，为了弥补没能文字记录麦积山的遗憾，我把这张钢笔画印在了书上。这次出来前，还特别翻看那张插画，图上有麦积山、寺院及地面长有稀疏小草的广场，还有一个记忆中早已消失的篮球架。那天好像没有相机，即便带着相机估

1 本书作者在其著《山川情旅》中绘画的麦积山插图。

2 本书作者在麦积山。

3 世界文化遗产麦积山石窟石刻。

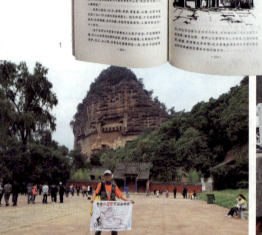

计也不会拍照，那时还是用胶片。当时天色阴沉，光线很差，这种状况是舍不得浪费胶卷的。如今使用数码相机，可以无限量地摁动快门。

写这些旧事，要说明我对麦积山是期盼的。敦煌莫高窟、洛阳龙门石窟、大同云冈石窟等中国四大石窟就差麦积山没有造访，我很想写一篇比较性的文章，说说对中国石窟的看法。

从麦积山返回秦安，写了八九百字的时候，感到在嚼别人的馍，虽然有自己所思所看，但都是老俗套。这种没有观点见地的文字有什么劲啊。百无聊赖上网看看，忽然一个标题让我眼睛一亮《析麦积山石窟独特的空间艺术》。文章说，就空间的独特性而言，麦积山石窟在修筑形式和空间形制上明显有别于中国其他几座著名石窟，麦积山石窟对中国古代石窟的空间形制研究具有独特的艺术价值。文章从佛学、人文、艺术形式及其表现手法等角度探讨麦积山石窟的空间独特性。作者 wen，2009 年 4 月 8 日发表在其博客上，我发现作者从 2008 年 9 月发表第一篇博文，到 2011 年 6 月的最后一篇文字，共写了 27 篇，大多很短，这篇算较长的。另一个信息是，这么多年，其博客访客仅 1015 个，评论 11 个，最后一个访客是 1 年前了。我感叹这样好的文章被淹没在茫茫电子信息的海洋里，着实可惜。

1　纹饰独特的秦安老干馍。

2、3　麦积山造像。

1

2

3

这是迄今为止我读过的有关麦积山石窟的最好的文章了。在不足 3000 字中，作者从 4 个方面向读者展示了对麦积山石窟的见解。4 个方面分别是：石窟空间的新演绎、玲珑的灰度空间——栈道长廊、引渡心灵的空间，还有结语部分。

我非常赞同作者"佛教思想在空间的组成形式上宣扬一种形而上学的宇宙象征性内涵，即宇宙中心，宇宙之树的理论，它们象征着位于大地中心的具有宇宙象征意义的巨柱，因而在石窟的内部形式上来看，多会看到一种中心柱式的洞窟形式"的见解。

的确，在我去过的众多石窟中，这种中心柱式的洞窟很多，特别是敦煌莫高窟、龙门石窟最为典型，有些中心柱被凿成佛塔的形式，雕刻精致，不乏石雕艺术的经典之作。还有些在中心柱的四面凿刻成佛龛，龛内塑有形态各异的佛像，随着岁月的流逝，这些佛像或被盗凿或已风残，有的已经百孔千疮了，保留下来的，更显得弥足珍贵。

本文作者敏锐地发现，在麦积山北周与隋代的石窟中，这种一贯受到追捧的佛教宇宙模式，已经被打破。这也是我读后感到大有所获的原因之一。他认为麦积山石窟开凿的形式主要是以下两种：

之一是有轴向的序列空间。他认为"麦积山石窟在开窟的形

式上第一次出现了有轴向的序列空间"。他列举第四窟的上七佛阁加以说明，该窟开凿于北周时期（557—581年），石窟空间被开凿成了殿堂的形式，外部雕出正脊，鸱尾、瓦垄与檐椽，为七间八柱庑殿式结构，完全突破了中心柱的思想束缚，形成了一个东西向的主轴，窟前造出前廊，并有八根六角形的前廊石柱，已经具备了大殿的造型。

作者仔细陈述了第九窟中七佛阁，他说该阁"属典型阁崖式建筑，前有崖阁，后有连续的七个龛，成一字形排列，形成了具有序列性的连续空间，这样的有轴向的序列空间不仅加强了空间的层次感，使整个空间更有气势，而且也增加了光线的延伸性"。他进一步分析说："由此可见，这一时期麦积山石窟在空间与造型上的变化，在一定程度上反映了汉唐期间佛寺平面位置日渐弱化，而更注重空间的秩序性和层次性的特点。"作者最后认为："设有佛造像的佛殿的位置变得日益重要，僧徒们由初时崇拜佛的象征渐而演化崇拜佛像本身，因此作为佛偶像的遮蔽物的佛殿，在寺庙中的地位则日益得到了加强。"

我以为，这个观点是有新意的。按照作者的思路展开联想，龙门石窟最大的摩崖像龛——奉先寺中的主像卢舍那大佛，其就是凿刻在奉先寺内的石壁上，当然，如今佛殿已不复存在，仅能通过石壁上残留的凿孔，推测当年殿堂的雄伟。如果本文作者的"麦积山石窟在开窟的形式上第一次出现了有轴向的序列空间"的观点成立，卢舍那大佛确实是其后跟进的作品,该造像要晚于麦积山石窟百年左右的时间。

之二是点阵空间。作者认为,麦积山石窟的另一特点是其点阵空间。由于麦积山石窟开窟在凌空的崖壁上,窟或龛的面积大多较小,最小的约有几十平方厘米,仅能修单身菩萨像。因此部分石窟并不是按照佛教宇宙模式来建造,如八十七窟、八十八窟等,面积小、间距近、呈随意性的阵列排布。

记得我在看到这些"袖珍"窟龛时,不禁以"因地制宜"4个字形容这些石窟在空间上的错落有致。

作者还从视觉艺术的角度加以评判:"在区域性空间中呈现出了散点式的点阵空间,与当修筑石窟时留下的木桩序列孔洞彼此呼应,点阵式石窟极富韵律的排列在山体的西南部,犹如佛祖的念珠一颗颗的镶嵌于上七佛阁的四周,使整个石窟的立面空间更富于观赏性,与现代的平面构成艺术异曲同工之妙。"

作者在文章的第二个方面,以视觉色彩强烈的标题"玲珑的灰度空间——栈道长廊"告诉读者,栈道是麦积山石窟艺术中不可或缺的点睛之笔,人们通过这条"空中长廊"自由往来于这座浮游的"空中石窟"。

作者以为,栈道长廊,首先在功能和艺术上都达到了非凡的造诣。从功能角度上说,它具有极强的导向性,它可以引导游人从底处向高处游览这座庞大的石窟群,并沿着栈道所经过的区域一一观赏,不会迷失方向;其次,成"Z"字形设计的栈道高低错落,这样的设计,一方面可以避免观赏者因行走无序而造成拥堵,而井然有序地行进,营造出了一个静谧的观赏石窟艺术的环境;另一方面,呈三角形的结构,减少了栈道空间的横向跨度,是一种较为合理的承重结构;从艺术角度讲,悬浮于空中的栈道,使人们于空

错落有致的阶梯与佛像、洞窟,构成一幅立体的几何图案,煞是好看。

中观赏不同视觉角度的自然风景。

我非常赞赏作者的艺术鉴赏力，他赋予静止的长廊以灵动的生命，伴着观赏石窟艺术的游人的脚步，不断的攀升，进而达到或者说感受到"肌肤与风的摩擦、瞳孔与山峦的交汇和人性心灵与弥陀净土的碰撞，从而真正地达到一种艺术享受"。

作者认为，朱砂色的围栏使麦积山石窟蒙上了更加浓郁的佛教色彩，蜿蜒盘旋于山体与石龛之间，而仅有1米略宽的栈道设计，更加凸显了佛教僧侣们苦修、出世、四大皆空的修佛之道。同时，栈道设计与山体和石窟达到了同生共长的结合，这种融入自然的表现手法，正是中国古代园林造园技艺的具体体现，"随形而弯，依势而曲"。

我认为，作者在第一、第二方面的极力铺陈，是为第三方面做准备的，即所谓"引渡心灵的空间"。作者认为，麦积山石窟所宣扬的佛法精神选用了一种"引渡"的手法，它在整个石窟的设计中并不是单单采用高度差的方式来渲染佛的崇高，而是让人们通过悬挑出来的栈道，一步步地接近佛龛，最终让人们站在佛的高度去感悟和参禅，

绘本麦积山。

一个牵骆驼的女子在石窟山下招揽游客。

也许这正是中国神佛观念——普度众生与众生得道的思想。

不能排除这些想法是作者附加在麦积山石窟之上的臆断，但我更愿意信其为真。艺术与宗教与生活本来就是互相依托、相互关照、彼此寄托的综合体。这种善意的、向上的，或者用现在时髦的话说，是正能量的想法，多一些有什么不好呢！

在结语中，本文作者认为，与全国各大石窟的空间艺术作品相比，麦积山石窟在空间的营造上可谓是独树一帜，另辟蹊径，它是国内石窟空间艺术的集大成者。它在不同程度上沿袭了古印度阿旃陀石窟构造的同时，又和谐地将民族文化融入到石窟建造之中，是中国留给世界文化的一笔宝贵遗产。

作为对石窟艺术知之甚少的我来说，对本文中的一些观点也有商榷的地方，试举一例，大凡对石窟稍有了解的人都知道，最早出现在印度的石窟，原本是佛教徒为躲避尘世喧嚣而苦修的场所，且石窟多以散落的单窟的形式散落在深山。本文认为，后来逐渐形成了密集的石窟群的原因，是"统治者为加强其统治地位而大兴佛教文化，于是佛教石窟得到大规模的兴建"。我不以为然，窃以为，充其量是原因之一吧。

1　秦安解放纪念馆和县博物馆都有红二十五军的史料可查，可惜，"十一"闭门谢客。

2　全国重点文物保护单位兴国寺，徒有其名，如今是一家店铺。

3　秦安县博物馆外貌。

2

3

第 19 天 秦安县 — 静宁县 — 宁夏区
西吉县兴隆镇 — 隆德县

宁夏回族自治区

兴隆镇

六盘山
2928

定西兰州
方向

平宝高速

平定高速

隆德县

静宁县

泾源县

甘　肃　省

S304

秦安县

天水方向

10月8日（星期三）

隆德天气：17—8℃ 晴

今日里程：188 km

累计里程：4403 km

宿：隆德药贸宾馆209室

今日支出：宿费98元，班车40元，

包车300元，午餐12元，晚餐

23元，方便面4元。小计：477元。

累计：7183元。

路线：秦安县—120 km—静宁县—

24 km—兴隆镇—44 km—隆德县

一无所获在秦安

在秦安县住了两天，秦安给我的印象比较糟，比如这秦安宾馆，告之服务员房间水箱漏水，她似乎知道，直到退房也没人修理；告之房间太脏，第二天仍然如此。宾馆斜对面是气派的秦安县委大楼。让人不解的是秦安解放纪念馆铁将军把门，县博物馆挂锁，莫非因为是"十一"？全国重点文物保护单位兴国寺门是开着的，却变成了一个卖杂货的门面房。本来计划在秦安能够采访些有用的东西。比如，在秦安解放纪念馆有红二十五军的史料可查。而县博物馆馆藏品位居全省 100 家文物收藏单位的前 10 位。馆藏文物 5060 件，其中国家一级文物 19 件，二级 72 件，三级 385 件。距今 1 亿年的鱼化石，距今 2500 万年的铲齿象牙化石，新石器时代的人面器口彩陶瓶，马家窑文化的旋纹四板彩陶瓮，北朝至唐代的佛教石刻等许多文物都是举世无双的艺术珍品。

贺《品味中国》英文版创刊

早 6 点 40 分，来到车站购去静宁方向车票，40 元，120 千米。7 点 30 分发车。等车时打开微信，见《北京周报》主办的《品味中国》杂志"十一"首刊出版。主编哇春芳在微信说："10 月 1 日深夜，《品味中国》英文版的首本样刊诞生，未来该刊将在美国落地印发。而恰恰就在这一特殊的时刻，我的小侄女在美国出生了！几乎出生在同一时刻、同样源于东方的血液与基因、同样将处于多文化融合的环境中，同样全新的开始。这样的巧合似乎预示着一种力量、一种茁壮成长的生命力，从这一刻起已无法阻挡，它的蓬勃生机和全新未来将使人不能忽视，难以忘记。衷心祝愿，深深祝福！"哇，还发了小侄女的图片和样刊图。我赞道："祝贺双喜临门！"我有幸担任该杂志旅游专栏的作者，创刊号是杭州专刊，载有我撰写的《最忆是杭州》。该杂志每期介绍一个城市，我忽然想，待哪期报道红二十五军走过的城市时，我一定要把红军长征的事介绍给美国读者。

链接

秦安解放纪念馆

1935 年 8 月 11 日，红二十五军进入秦安旧县界，沿千户、西山一线奔袭县城。主力部队于当日午时经饮马巷攻取县城，打开监狱，召开穷人大会，枪决恶霸，书写标语口号，宣传革命真理。

秦安解放纪念馆分 4 个展室，第一展室"红二十五军长征过秦安"；第二展室"一野总部在莲花"；第三展室"党的秘密组织活动"；第四展室"新中国成立后秦安经济社会发展成就"。

这些红军文物是真的吗

从秦安到静宁是得有 120 千米，地名为梨树的一段，约有一二十千米的泥路坑洼不平，正在整修。我记得朱镕基任总理时搞过村村通公路工程，为何在这儿没有进行？从秦安到静宁足足走了 4 小时，虽然耽搁了不少时间，但让我用相机记录了经过的村落真实的场景，正在施工的道路、店铺的状况、百姓的生活、人们的衣着穿戴。这些图片仅是坐在司机身后的我隔窗抓拍，有些图片聚焦不准，有些角度欠佳，但我以为有意义。

在静宁站前小饭馆吃了一碗牛肉拉面，发现刚才就看见的一辆出租车仍停在路旁，半小时内竟然无人打车。上前询价包车。司机说，从这儿到兴隆镇 24 千米，然后再到隆德县 44 千米，最后空驶返回，共约一百二三十千米。他说，不能低于 200 元。我点头成交。我的心

1 卖菜

2 最基层的中国福利彩票经销点

3、4 在偏僻的县乡公路上，长途客车还兼有载物的功能。图为一个农民向车上装蔬菜。

理价位是 300 元。我算的是另一笔账，若坐班车是便宜，但不能保证随时有车乘坐，更不能保证车站正是我要到的地方。白白搭上很多时间不说，今晚到不了隆德县，而住宿在静宁，相当于耽误半天时间。

司机姓王，今年 52 岁，曾在西安当兵，一双儿女，儿子一家在

1 拼图

2 小超市商品全

深圳，孙子4岁，女儿在兰州读大学。他告诉我，静宁当地农民以种植苹果为生，生活比较富裕，消费水平总体高于平凉市，以牛肉面为例，6块钱一碗，比平凉市还贵1块呢。不过，这里仍然比较闭塞，好地段房价每平方米才5000余元。闲聊中，不知不觉来到宁夏地界的单家集。

我要访问的单家集陕义堂清真寺，其标准的位置名称是宁夏回族自治区固原市西吉县兴隆镇单家集单南村，距兴隆镇还有约3千米。

我来到清真寺是下午1点25分，在当年毛泽东会见阿訇的厢房前，条凳上坐着几位准备做礼拜的村民，他们告诉我阿訇拜福贵老人就住在旁边的小院里。

不巧，老人家不在，于是我与司机王师傅商量，先到前面兴隆镇的邮局盖日戳，然后返回，再拜访阿訇拜福贵，此行如果见不到他老人家，效果会大大地打折扣的。王师傅很是配合，他觉得与我走一路，很开心，最重要的是，知道了在宁夏兴隆这地界，还有一座他们陕西人建的清真寺，并且有这么多真的故事，以前总认为毛泽东啊红军啊都是老远老远的事，没想到就发生在自己身旁。他说这一趟活拉得挺值。

当我盖完邮戳准备上车时，王师傅让我看马路对面。嘿，那里有一个"红军遗物收藏室"，让我产生了兴趣。其实这是一家卖食品饮料的小商店，商店怎么又是红军遗物的收藏室呢？这个商店的主人，也是收藏人叫马林祥，从他递给我的一份给西吉县文化局的申请书上得知，他是一名退休干部，今年66岁，他写道："为了弘扬红军长征精神，激励后代牢记革命历史，发扬革命传统，收藏红军长征遗物，打算在兴隆镇中街办一所红军遗物收藏室。"落款日期是10月1日。

　　我不由地问他有什么红军遗物？他开始翻箱倒柜，向我展示一件件带有传奇色彩的宝物。如果是真文物的话——有些应该属于国家级文物。我不禁问马林祥，都是毛泽东送的？他信誓旦旦地说，那还会有假？接着他列举了不少家电视台的名字，都对他进行过采访报道。

1　红军遗物收藏室主人马林祥（左一）介绍他的藏品。

2　兴隆镇上的"红军遗物收藏室"

3　皮箱

4　铜壶

5　油灯

6　玉牌

7　玉牌背面

程子华为陕义堂清真寺题词

资料显示，单家集陕义堂清真寺筹建于清光绪三十四年（1908年），于宣统二年（1910年）落成。寺占地面积3300平方米，由门楼、礼拜大殿、沐浴室、教长室、当年毛主席会见阿訇的厢房和与清真寺相连的农家小院组成，1984年对礼拜殿进行了维修。与清真寺相连的农家小院，就是毛泽东当年住宿一晚的地方，如今已经辟为"毛主席住宿旧址"，供人们瞻仰。这个小院内还有几间房子，其中一间是现任的阿訇拜福贵居住，还有图片、文字等展示室。

拜访阿訇拜福贵老人是这次采访事先计划的，但苦于没有老人的联系方式，只能到了再说。盖完邮戳后返回，很显然老人家接待过无数的来访者，红军后代、媒体记者、各级领导的合影、题字、留言等放满了一个屋子。他说："这么多年了，有各级领导视察，还有记者采访，都是我负责讲解，我说的这些，都是老辈人传下来的。"

拜福贵告诉我，最先到单家集的红军是红二十五军。1935年8月15日，红二十军在吴焕先、程子华、徐海东等率领下来到兴隆镇、单家集一带休整了3天，军政委吴焕先亲自主持制定了"三大禁令、四项注意"。拜福贵指着墙上一个锦缎匾说，程子华亲笔写了"回汉兄弟亲如一家"几个字，并绣在锦缎上，亲自来到清真寺，送给马德海阿訇，还送了6个大元宝、6只大肥羊等礼品。拜福贵老人说："当然，现在这幅字是后来复制的。"

马德海阿訇看到红军如此尊重回民，心情很激动，就按照回族的礼节宴请了红二十五军领导，并赶着一群染着红色的肥羊，到军部回拜和慰问红军指战员。

拜福贵说，后来，毛主席带红军到这里，老百姓站在街头、摆上食品迎接啊。听长辈说，毛主席还问警卫员，这里的百姓怎

1935年8月15日，红二十五军途经单家集，军领导拜访了陕义堂清真寺阿訇，军长程子华书赠"回汉兄弟亲如一家"的锦匾，图为陕义堂清真大寺大门。

1 单家集清真寺（资料照片）

2 陕义堂清真大寺北厢房，墙上挂的是红二十五军长程子华手书"回汉兄弟亲如一家"的锦匾。

3 阿訇拜福贵（中）与本书作者合影。

么见了红军不跑，反而如此亲近呢？经警卫员四处扫听得知，是程子华、徐海东率领的红二十五军来过这里。毛主席赞扬红二十五军带了一个好头。

在单家集陕义堂清真寺的厢房里，在一长条桌上摆放着《古兰经》，斜对面靠窗的地方有一面土炕，炕桌摆在炕的中央，拜福贵说，当年，毛主席就是坐在这个土炕上，和阿訇倾心交谈的。

在当年毛泽东住宿的小屋门外的墙上，挂着一块写有"毛主席住宿旧址"的牌子，房内面积很小，黑黢黢的。拜福贵掀起炕上的褥子，指着土炕上的床板说："毛主席是南方人，睡不惯火炕，当时的房主人便找来一块门板铺在炕上。"

拜福贵介绍说，毛主席等中央领导一进村，就去参观清真寺，和阿訇亲切交谈，毛主席给阿訇和在场的回族群众讲解了中国共产党和红军尊重回族人民的风俗习惯，保护清真寺、主张民族平等政策。阿訇听后非常感动，当即就招呼回民给红军腾房子，并邀请毛主席和其他领导人在清真寺吃饭。拜福贵指了指屋内的方桌说："就在这张桌子上，按咱这里回民待客的最高规格，摆了以牛羊肉为主食的九碗席，宴请毛主席的。"

资料显示，1936年7月，由彭德怀任司令员兼政委，率红一军团、红十五军团、红二十八军等西征，再次经过单家集，建立红色政权，并开展武装革命斗争，广大回汉群众筹集棉衣、土布、军鞋等物资支援红军。

1993年，在毛泽东100周年诞辰之际，单家集回汉群众自发树碑，威严庄重的"人民救星，一代伟人"纪念碑矗立在"陕义堂"清真寺门前。2006年，为庆祝红军长征胜利70周年，单家集搬迁21户农户，在"陕义堂"清真大寺门前修建了单家集民族团结广场，设立了红色文化书屋。

1　1935年10月5日，毛泽东率中央红军途经单家集。在清真寺北厢房，毛主席与阿訇马德海促膝交谈。图为蜡像（摄于六盘山红军长征纪念馆）。

2　阿訇拜福贵向本书作者介绍当年毛泽东和阿訇马德海交谈时坐过的土炕。

1　陕义堂清真大寺的
北厢房，毛泽东和阿
訇马德海会谈的地方。
图为等待做礼拜的回
族群众。

2　与清真寺相连的农
家小院，是毛泽东当
年住宿一晚的地方，
如今已经辟为"毛主
席住宿旧址"，供人
们瞻仰。

链 接

马德泉阿訇事略

马德泉（1871—1945），生于清同治十年正月初一。阿訇祖籍是陕西省高陵县高山堡子人。陕西回民反清失败后，于1875年安置原甘肃省静宁县（现属宁夏西吉县）的田冯杨家村（现西马家），祖先原籍住陕西省高陵县的高山堡子，为之人们称他高山马。

阿訇的亲生后代只有一儿一女，儿子名叫有素福，幼年时早亡，女儿婚配给大弟子冶金声阿訇为妻。因后继无儿，经家族共商，由侄孙马全福给阿訇开立门户。（以上摘自马占祥著《伊斯兰教基本知识》，第996页）

兴隆镇单家集（资料照片）

第 20 天 隆德县 — 六盘山红军纪念馆 — 隆德县 — 平凉市

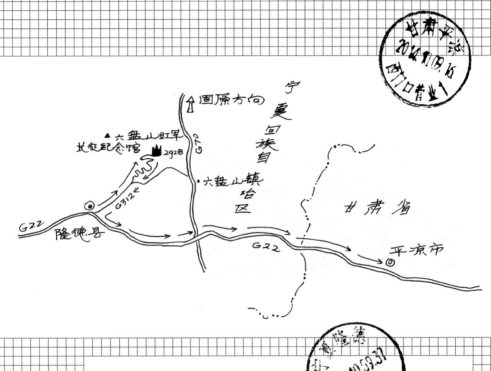

10月9日（星期四）

平凉天气：18—11℃ 多云

今日里程：106 km

累计里程：4509 km

宿：平凉宾馆713室

今日支出：宿费240元，打的上六盘山（来回并送站）60元，景区车票30元，班车费23元，桃子8元，柿子5元，粽子2元，糕饼三个2.4元，平凉打的3元，酸奶5元，矿泉水6.6元。小计：385元。

累计：7568元。

路线：隆德县—16 km—六盘山红军纪念馆—16 km—隆德县—74 km—平凉市

蔚为壮观的六盘山红军纪念馆

　　早 8 点 30 分打车到六盘山红军长征纪念馆售票处，奇怪的是，这种红色教育之地怎么还收进门钱呢？记者证是免票，但我也要呼吁，类似红色景区，应该与博物馆一样，免费供百姓参观学习受教育。景区内部的交通车可以收费（其实也完全可以纳入成本的），我就购 30 元景区观光车票，省时省力。7 千米盘山路到顶峰纪念馆。可能是昨晚下了少许雨，今天的六盘山天朗气爽，坐在上山的面包车上，窗外，橘色和墨绿色的大片树林交错展现，令人心情愉悦。到达顶峰巧遇云海波涌，蔚为壮观。对我来说最为重要的是展馆内有两个小单元是介绍红二十五军的，内容很少，版面不大，也没有什么实物。

　　六盘山位于宁夏回族自治区

1　1935 年 8 月 17 日，红二十五军在隆德县城阻击驰援之敌，于当日连夜翻越六盘山。图为六盘山（资料照片）

2　云雾缭绕六盘山

固原市境内，是中国工农红军长征途中翻越的最后一座大山。六盘山红军长征纪念馆于2005年9月18日在六盘山主峰落成。海拔2832米，距固原市区50千米，距隆德县城14千米。纪念馆总占地面积5公顷，建筑面积2万平方米，整体建筑由纪念馆、纪念碑、纪念广场、纪念亭、吟诗台等五部分组成。馆内展厅由"红军不怕远征难""红旗漫卷西风""三军过后尽开颜""不到长城非好汉"4部分组成，展示了红军长征中的上百件文物、图片资料等，再现了中国工农红军长征3次经过六盘山区的艰苦历史及回汉民族友谊的情景。

1　1945年，徐海东（后排中）和女儿徐文惠（前排左）、儿子徐文伯（前排右）在安徽省定远县天平集（资料照片）

2　参加红二十五军长征的七名女红军中年龄最小的是周东屏，后来与徐海东结为夫妇（资料照片）

3　六盘山长征纪念馆内有关红二十五军内容展示一角。

4　六盘山长征纪念馆内展示了部分参加长征的女红军战士的照片。

5　红二十五军长征也翻越了六盘山。为何仅有3面旗帜？

参加红二十五军长征的7名女红军中年龄最小的周东屏

六盘山红军纪念馆给我的印象是两个字：大、高。馆前用水泥、石头和其他坚固的材料铸就的三面红旗，即便你离较远的距离，即便是带有一般广角镜头的相机，都很难把旗帜拍全；纪念碑，矗立在几层楼高的展馆顶层平台上，怎一个"高"了得，人若站其下，似蚂蚁一般。

大且高，极具震撼力。蔚为大观。

1　矗立在几层楼高的展馆顶层平台上的纪念碑

2　纪念馆广场

3　1935年8月17日,红二十五军开始沿西（安）兰（州）公路东进，一举攻克隆德县城，图为隆德县全景（资料照片）。

4　1935年8月19日，红二十五军进入甘肃省平凉的泾川县。图为平凉城（资料照片）。

第 21 天 平凉市 — 泾川县 — 掌曲村 — 泾川县温泉

10 月 10 日（星期五）

泾川天气：16—5℃ 阴

今日里程：109 km

累计里程：4618 km

宿：泾川温泉宾馆 101 室

今日支出：宿费 240 元，的士去崆峒山 50 元，上下山 64 元，巧克力奶 10 元，包车 70 元，洗温泉 19 元（住宿半价），搓澡 20 元，芦荟胶蜂蜜液 40 元，澡巾 5 元，午餐 9 元，晚餐 71 元。小计 :598 元。

累计：8166 元。

路线：平凉市—70 km—泾川县—14 km—掌曲村—25 km—泾川县温泉

崆峒山是六盘山的支脉，属丹霞地貌，资料显示该山丹霞地貌丰富多姿。但常规路线林木繁茂，看不到丹霞山那样的色彩（景观）。也许我没找到适宜的观景处。呵呵！

崆峒山：天下道教第一山

早就知道平凉有座崆峒山，此行没有安排拜访，主要是赶路。这几天反复纠结，直到今早才决定前往。早餐吃酥饼，以茶代粥。为了了解平凉酥饼，昨天特意到街上买了几个。酥饼也叫酥馍，分为汉民的暗酥酥饼和回民的明酥、扯酥酥饼三大类。

暗酥饼表面不见酥，吃到口里才觉酥，有五香味的咸酥饼和包糖馅的甜酥饼两种。明酥饼表面油亮酥脆，吃口酥软，也分甜、咸两种。酥饼入口酥、余味香。

7点退房前往东站，存行李，看车次，还乘刚才的的士去崆峒山，50元，价钱偏贵，如坐公交13路仅3元，赶早不走晚，给下午返回预留时间，如返程坐公交，便可摊低成本。下车还留了的士电话，以防万一。

平凉柿子和平凉酥馍

我来崆峒山是想看看其丹霞地貌。资料显示，崆峒山地形是国内丹霞地貌类型中形成时代较早的类型，是大面积黄土高原上独有的自然奇观。就我这个地学门外汉转了一遭看，崆峒山的丹霞地貌比不过江西的龙虎山，更不能与广东韶关的丹霞山相提并论，特色不明显。

崆峒山盛景笔画

倒是这里的建筑很古老，有全国重点文物保护单位"崆峒山古建筑群"；有秦始皇、汉武帝西巡崆峒登临处；还有一块金庸题写的"崆峒武术，威峙西陲"的石碑，看来这里的武术还是一绝，后来得知，崆峒武术与少林、武当、峨眉、昆仑等武术流派齐名啊。

传说，崆峒山是上古三皇诞生之地，又是女娲、夸父的出生

1 初秋崆峒山景色

2 传说，崆峒山是上古三皇诞生之地，又是女娲、夸父的出生地。图为一座年代久远已无法辨认碑文的古老石碑。

地。中华民族人文始祖的轩辕黄帝，在其功业成就之后西巡疆界时，曾登崆峒山，向在崆峒山隐居的广成子请教治国之道和养生之术，这位广成子竟是老子的前身。在中国其他的道教山岳是没有此说的。崆峒山被誉为天下道教第一山，有道源所在之称。

今天，大雾锁崆峒，基本是只看眼前，无法眺望，算作来过而已。

11点返回游客中心，乘13路公交（2.5元）40分钟到市博物馆，

3 崆峒山景区面积84平方千米，主峰海拔2123米，集奇险灵秀的自然景观和古朴精湛的人文景观于一身。

5 崆峒山位于甘肃省平凉市城西12千米处，东瞰西安，西接兰州，南邻宝鸡，北抵银川，是古丝绸之路西出关中之要塞。

4 中华民族人文始祖的轩辕黄帝，在其功业成就之后西巡疆界时，曾登临崆峒山，向在崆峒山隐居的广成子请教治国之道和养生之术，这位广成子竟是老子的前身。图为秦始皇、汉武帝登临处石碑。

崆峒山被誉为天下道教第一山，有道源所在之称。其实，佛教在崆峒山也历史悠久，唐代时，山上佛教活动已具规模。清朝初年，崆峒山佛教寺院有 19 处。

又一个无奈，中午闭馆。在路边小馆花 9 元要了一小份炒面。尔后到东站，乘 12 点 37 分班车往今天宿营地泾川。班车在县城里磨磨唧唧地向前挪动着车轮，司售二人大声喊着泾川泾川……下午 1 点了，才加足马力，估计再不走，下一班车就追上来了。好在是走高速公路，2 点多便到了泾川。

寻找"红军楼"

按照进度安排，今天下午是探访红军楼，明天上午拜谒吴焕先墓，期间，抽空览胜泾川王母宫石窟遗址、大佛寺等。

出站见路旁停着几辆等客的出租车，与一个年龄较小的司机商量路程及价钱。红军楼和王母宫石窟遗址在一条线上，包车 50 元。

小司机家在陕西陇县，叔叔在泾川开出租车多年，地面比较熟。他高中毕业，在家闲着没事，就投奔叔叔。看来是不愿意上学了。小司机很实在，一路打听。因为资料上有的说红军楼在四坡村，有的说在掌曲村，又没有看到路标。我还不时需要停车拍照，他都很帮忙。最后终于找到红军楼。

红军楼就是一个二层的土坯房子，空间很小，有点像个炮楼，估计在当年这房子应该是一个制高点。院内有石碑一块。村子很静，我们没有看到什么人，有个院门打开着，喊了两声没有应答。

1 今日"红军楼"仍然以原貌供人们凭吊。

2 "红军楼"外貌

3 图为红二十五军设在四坡村两层土楼里的指挥部，后来，被人们称为"红军楼"（资料照片）。

 附录 "红军楼"注事（节选）

来源：《三秦都市报》 2005-08-23 记者：陈戍 实习生：宁明明

8月17日，采访组从泾川县城北行约15千米，一路颠簸穿过王

母宫山山道，直向王村镇四坡村，踏访昔日战场，拜谒先烈吴焕先。随行的当地党史办副主任王学贵说，四坡和掌曲两个村子相距只1千米，从前合称四坡村，"当年四坡村战役发生地实际在今天的掌曲村界。"

坐落在山塬上的掌曲村，有500多户人家。在74岁的张彦庭引领下，记者进入一个青松环绕的小院落，院中矗立着"中国工农红军第二十五军革命遗址纪念碑"，碑后是一栋二层高的土坯楼，门上显眼处悬挂有一块由中央军委原副主席刘华清题写的"红军楼"匾额。

1 在红军楼的南面有个叫双家山的地方，相距不到200米的有两个高大的土堆，据传这是两处古代坟墓，但没有人知道墓主人姓氏名谁，所以叫双家山。在靠西边的一个土包边有一条红军当年下山渡河的羊肠小道，现在被叫作"红军小道"。图为双家山其中之一的古墓。

2 掌曲村民居

"院落主人是村民张锁房，70年前这里是红二十五军的临时指挥部，红军走后，老百姓自发将小院保护起来，并起名为'红军楼'。"张彦庭说，四坡村打仗时他才满4岁，听他父亲讲，战役打响那天正逢大雨，芮河水暴涨，"程子华、吴焕先等军领导刚吃过早饭，500米外的向家沟山上突然响起枪声，吴焕先组织红二十五军先头部队经四坡、羊圈洼、掌曲徒步过芮河迎敌，战斗一直持续到傍晚。"

"由于山洪暴发，渡河时死了很多红军战士。"张彦庭至今难忘他父亲早年描述的战斗细节，当时红军是解下绑腿拧成绳索，然后拴在两岸树上才过了河，"我父亲说他看见河上漂了不少军帽，那是泅渡牺牲的战士留下的。"

老人在"红军楼"前的讲述引来众多村民倾听，在村民眼中，"红军楼"是村里的骄傲，他们会永远把它保存下去。

苹果之乡泾川县

雾霭中的泾川县城。

泾川有"三宝"：王母、苹果、温泉澡。

在去往掌曲村寻找"红军楼"的路上，两旁长满了苹果树，现在正是收获的季节，一棵棵果树上挂满了红彤彤的大苹果。我看到一个老婆婆拉着一个板车走过，车上装的是苹果，于是举起相机拍照，她停下车向我招手，还说着什么。我以为他不高兴拍她了，后来得知，她是从其车上拿苹果给我。我表示感谢，拿了两个，她又硬塞给两个。泾川县位于甘肃省在黄土高原中部秦陇交界处。地貌地形属典型的黄土丘陵沟壑区，年均气温10℃，无霜期174天，适合苹果树的生长。

在网上我看到2013年7月31日的《平凉日报》，刊登了一篇题为《泾川向苹果大县迈进》的消息。文章称：泾川县气候温和，光照充足，降水适中，土层深厚，被国家农业部划定为全国优质苹果最佳适生区，是发展优质苹果的天择之地。全县总耕地88.2万亩，该县的目标是建成50万亩优质红富士苹果产业基地。为此，每年以5万亩的"加速度"持续扩张产业规模。为了扶持苹果产业的发展，县上每年筹资300多万元，对苹果苗木和农膜双补贴；县上还聘请了500名果品技术员，活跃在各个乡镇开展技术指导。目前，全县以苹果为主的果园达到46万亩，户均5.2亩，人均1.3亩，建成了3个3万亩乡镇，7个双万亩乡镇，5个万亩乡镇，168个千亩以上果园村。目前，全县有3个乡（镇)72个村基本达到全覆盖。

2013年10月12日《平凉日报》报道称，国庆期间，泾川县苹果销售比去年同期上涨0.5元左右。泾川今秋苹果总产量将达35万吨，实现销售收入24.5亿元。

由此可以推断，这里的农民很富裕。

链 接

泾川温泉

泾川温泉地处泾川县城以东7.5千米处的何家坪，位于泾河南岸，紧靠312国道。温泉开发利用于1971年，温水井深1680多米，热水层厚164米，井口海拔1007.6米，水井压力58.6个大气压，常年恒温38.2℃，泉水含有13种微量元素。

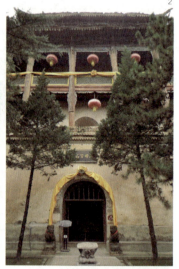

1 泾川是西王母的出生地。后人尊她为中华民族的始祖、女神、美神。西王母逐渐衍变成王母娘娘后，成为中华民族神殿中的显赫尊神。

3 王母宫石窟也称大佛洞（又名千佛洞），建于北魏永平三年（510年），石窟依山开凿，是一座中心塔柱式佛教石窟。石窟坐西面东，高11米，宽12.6米，深13米，中心柱宽7米，深7.6米。

2 王母宫石窟内造像分三层，中间的方体塔柱直接窟顶，中心柱及三面窟壁雕有佛像，有千佛、力士、菩萨及驮塔白象，现存造像百余尊，多为北魏作品。图为窟外清代重修的依山楼阁。

4 王母山又称"回山"，山高150米，突起在泾、芮两河的交汇处。回屋是西王母居住的地方。传说，西王母姓杨，名回，乃远古时华夏族西部的一个氏族首领。

第22天 泾川县 — 庆阳县 — 华池县

10月11日（星期六）

华池天气：7—1℃ 雨加雪

今日里程：218 km

累计里程：4836 km

宿华都大酒店830室

今日支出：宿费168元，包车费70元，车票60元，午餐14元，晚餐54元，酸奶等28元，打的20元，存包5元。小计：419元。累计：8585元。

路线：泾川县—106 km—庆阳县—112 km—华池县

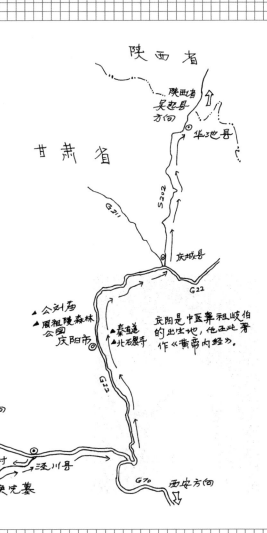

修建中的吴焕先墓地

昨天傍晚，请小司机把我送到距县城六七千米的泾川温泉宾馆。开始并不知道泡温泉是泾川"三宝"之一。当司机介绍温泉酒店时，我暗思忖，拉客准保有提成。不然，从王母宫到县城仅1千米，找家酒店住下，他就收工了，他何必来回多走十几千米，还占用他的时间。转念想，这一下午，小司机也挺辛苦的，提就提吧。于是我说，今天晚上就住温泉宾馆，正好泡泡温泉，解解乏。

在路上，我与他预约了今天到吴焕先墓，还有大明寺，最后送我到客运站，一共70元。他没有还价，其实我是准备他再加个二三十元的。

昨晚小司机把我送到温泉宾馆楼前，帮我把行李卸下，道别，走了。并没有出现我想象的那一幕。我忽然想到鲁迅在小说《一件小事》中的一句话："要榨出皮袍下面藏着的'小'来。"

早8点，小司机准时到达，上车后他说，昨天特意打听了吴焕先墓的准确地方，不会像去红军楼，走了冤枉路还误了您的时间。他还说，他们家乡也产苹果，几天前他妈妈来看他带了很多，今天他给我拿了一些，让我在路上吃。

一直自认为自己如何如何的我，此刻真的是无地自容，真想大嘴巴抽自己。

吴焕先墓在讷丰乡，从公路上就能看到热火朝天的工地，正在大兴土木。记得《三秦都市报》在2005年8月23日的一篇题为《泾川惨烈记忆》的采访中，记者是这样记录当时场景的：

> 吴焕先的墓地靠近郑家沟村，坟茔落满青草，四周是稠密的高粱，坟前立着一块石碑，但碑面没有一个字。石碑前方左右分别竖立着徐向前、程子华等人的悼念石碑。郑家沟村80岁的郑克昌老人是当年的见证人："吴政委的遗体在我家停放了3天，红军领导买了我爷爷的棺材把他埋在山上。"

吴焕先（1907—1935），红二十五军政委，1907年7月31日生于湖北黄安县（红安）箭场河乡四角方村（今河南新县），是鄂豫皖早期革命运动领导人之一。1935年8月，在泾川县王村镇四坡村战役中，不幸牺牲，年仅28岁。（资料照片）

如今这里已是一片开阔地。背靠一座不高土山的吴焕先墓，由墓碑、石栏、墓穴等组成，墓碑上是李先念题写的"吴焕先同志之墓"。墓碑左右分别竖立着李先念、徐向前、程子华、郭述申、韩先楚等人的悼念石碑，还有吴焕先生平介绍等。

天阴沉着，不时还掉下星星点点的雨滴。施工的工人忙个不停，他们正在营建墓前两边的房舍，我估计是陈列室之类的用房，也许是为纪念吴焕先牺牲80周年做准备呢。从其规模来看，这里将会是一个永久性的纪念场所。在我的眼前不由地浮现出10多天前我曾拜谒的独树镇纪念地的情景，不免多了几分担心。

雨下大了，我们来到大云寺。

1　"吴焕先同志之墓"，李先念题写。

2　建造中的吴焕先的墓地

3　一个施工的工人在仔细观看吴焕先生平介绍。

4　墓地施工现场

10点20分，我登上前往庆阳的长途车，11点40到达。庆阳红二十五军经过，无痕。在车站吃牛肉面一碗，盖日戳。然后打的到北站，乘12点45分班车去华池。从庆阳到华池百十千米，走了近4个小时，走走停停，为揽客。华池新站距县城7千米，打车10元去酒店，顺便盖邮戳，与司机商量明早接我，并询问豹子川红军开会会址的事，他说帮助打听。晚上司机电话告我说，不知路线，罢了。明天一早向吴起县，我请出租司机送我去客运站，他说太早了，拉我过去没有回头客，让我自己坐公交车。呵呵，他实话实说哈。

链 接

泾川三次出土佛舍利

　　舍利二千余粒并佛牙佛骨，瘗埋于泾州龙兴寺曼殊院文殊菩萨殿内。

　　泾川县还于1964年、1969年分别发现佛舍利。1964年12月下旬，泾川县城关公社水泉寺大队贾家庄生产队社员在平整土地时，意外发现唐代大云寺地宫，从地宫内出土"舍利石函"。石函盖正中刻有"大周泾州大云寺舍利之函总一十四粒"字样，四面刻有铭文。舍利石函共5层，依次有石函、镏金铜匣、银椁、金棺、琉璃瓶，琉璃瓶中盛佛祖舍利14粒。大云寺地宫及其五重套函的出土，被称为当年中国"十大考古发现"之一。这批舍利及套函保存在甘肃省博物馆。1969年泾川县在大云寺以西又发现北周宝宁寺遗址，出土比丘慧明造佛舍利套函，套函由石函、大铜函、小铜函、琉璃瓶组成，琉璃瓶内有舍利数十粒。这批舍利及套函保存在平凉市博物馆。

泾川大云寺

第五节 黄土高原民歌声

陕北民歌——黄土高原民俗风情的一道风采，《走西口》《山丹丹开花红艳艳》等脍炙人口。游人在高亢激扬的陕北民歌声中，拜谒华夏始祖黄帝陵；欣赏独特的"窑洞文化"；目睹黄河壶口瀑布；安塞腰鼓和陕北秧歌更是不可错过的节目。访问秦时置县的延安，应是旅行者必不可少的行程，1935年10月，毛泽东和中央红军长征到达陕北，至今保留下来的红色旧址100余处。而延安的文物古迹多的更是惊人：石窟已发现80多处，与宝塔山隔河相望的清凉山，古迹荟萃，仅桃花洞摩崖石刻就有50余处。在红二十五军与刘志丹的陕北红军会师地永坪，还能看到红军后代的真实生活。

第23天 华池县—陕西吴起县—志丹县—延安市

10月12日（星期日）

延安天气：11—2℃ 阴雨

今日里程：248 km

累计里程：5084 km

宿：维也纳酒店 629 室

今日支出：宿费 285 元，车票 65 元，的票 45 元，存包 5 元，晚餐 20 元。小计 :420 元。累计 9005 元。

路线：华池县—85 km—吴起县—71 km—志丹县—92 km—延安市

存照几件经历的小事

今天很有意思，几件不起眼的小事接连发生在我的身上，不足挂齿，可以忽略不计的，可是我又觉得既然让我遇到，就有记的必要。

窗外滴滴答答的雨声响了一夜，6点掀开窗帘，昨天傍晚拍的土山上已铺上了薄薄的一层雪，把窗户打开一道缝隙，冷风嗖地就挤了进来。能穿的衣服都穿上。目前这里的温度是9到零下2摄氏度。

如同油画般的华池县雨景。

昨天的司机不愿起早送我到客运站，我只能早点上街打车。还好，冒着雨在街边不长时间，就来了一辆出租车。华池新建的客运站距县城7千米，打车10元，昨天已知行情。司机见我拿出10元，说，今天这么早、这么冷，送完你又不会有客人进城。我说，是吗？什么意思？他说，20块，不然你就另外……后半句话他还没说出，我便插话道，好吧，20就20，走吧。不过，我得告诉您，您挺黑的，您肯定不爱听，您知道吗，这20块在北京都能跑多少千米了吗？

买的是7点30分去靖边的车，经过吴起县。吴起与红二十五军没关系，是红一方面军经过的地方，我想顺便看看那里的纪念馆，兴许有可参考的资料。一路前行，雪越来越大，到达山顶已经是白雪皑皑。我想，如果延安也是如此，拍几幅雪中宝塔山多么难得。随着车从山上下行，雪变成了雨。

到达吴起县后，顶着小雨来到长征纪念馆。该馆部分内容正在调整，庆幸没闭馆。

奇怪的是从吴起没有直达志丹的客车，询问几个人都说得坐去延安的车，中途在高速公路口停车，然后自己打的进县城。我还以为是在高速路上缴费口停车呢，下车时才知道，车停在路边一个陡坡旁，下车的乘客要翻越护栏，再小心翼翼地走下陡坡，从被剪开的一个口子里钻出。司机这样做，严重违反客车运营管理办法。上车后还发现，售票员收费也高于有关标准。车窗上贴着里程价格明细表，到志丹县22元，到延安44元，开车后售票员收我30元，而去延安的收50元。瞻仰刘志丹陵园后，前往延安，票价35元，全程高速公路。

入住延安火车站旁的维也纳精品连锁酒店。房间卫生间的水总是滴答滴答流个不停，报告总台，派了个修理工，修了半天稍微好点，看着水滴速度减缓，他竟然说属于正常。我说，这可与你们宣传册上写的不一样啊。修理工马上来一句，谁能保证不出一点问题呢？嘿，倒把我问住了。这声音直接影响休息，没办法，只好再一次打电话总台，要求换间房。

第二个房间电视看不到节目，叫来服务员，她怎么也弄不好，于是她说是因为网络的问题，她也没办法。

联想到刚才换房时，另一个女服务员的傲慢，她到我的房间告诉我新房间号码，我问水龙头有无问题？她拖着长腔说："好——着——呐——！"我说："看来你是不耐烦啊？"她忙小声说："我是说好着呢。"真是岂有此理。

房子安排停当后，我正翻看资料，门被钥匙捅开，看到一个穿着正装、似管事模样的女人夹着一个本子进来，见我在屋里，忙道对不起，退出。4星级酒店，竟然门都不敲一下。嘿！真是店大欺客。如果说这些事对维也纳是小概率的话，但都让我赶上了，

1 1934年10月，率领中央红军从江西瑞金、于都等地出发，历时一年零两天，行军二万五千余里，于1935年10月19日进入陕北苏区的大门吴起镇，结束了长征。图为一个男子从吴起中央红军长征胜利纪念园入口处走过。

2 纪念园内红军战士群雕

只能自认倒霉。维也纳精品连锁酒店印制精致的说明书上，号称是CCTV 中国年度品牌，中国精品连锁酒店领袖品牌，高性价比第一品牌。今天就这样吧。明天换个酒店为上策。

几件小事，立此存照。

1　吴起镇旧照（资料照片）

2　吴起中央红军长征胜利纪念园浮雕

3　吴起中央红军长征胜利纪念园司号兵塑像

4　吴起中央红军长征胜利纪念园位于县城中街胜利山脚下，总占地面积 4.5 平方千米，纪念园以纪念党中央和中央红军经过举世闻名的二万五千里长征胜利到达吴起为主题。

5　站在吴起中央红军长征胜利纪念园眺望吴起县城。

链接

吴起县

吴起县隶属于陕西省延安市，位于延安市西北部，西北邻定边县，东南接志丹县，东北边靖边县，西南毗邻甘肃华池县。地貌属黄土高原梁状丘陵沟壑区，海拔在 1233—1809 米。

1935 年 10 月 19 日，中央红军经过二万五千里长征，胜利到达吴起。抗日战争和解放战争时期，吴起成为陕甘宁边区和陇东分区的革命大后方。

链接

志丹县

志丹县位于延安市西北部，是"群众领袖、民族英雄"刘志丹将军的故乡，被誉为中国革命的"红都"。全县总土地面积3781平方千米。全县总人口13.4万人。志丹县原名保安县，保安之名始于宋，宋之前无建置。西周属狄。春秋属白狄。1936年为纪念民族英雄刘志丹将军而命名为志丹县。

1 刘志丹烈士陵园位于志丹县保安镇，坐北面南，面积3.3万平方米。刘志丹是陕甘边革命根据地的主要奠基者，由他率领的游击队先后解放了延长、延川、安定、安塞、靖边、保安6县，从此陕甘边和陕北两块根据地连成一片。

2 美国作家斯诺、索尔兹伯里均在其著作中给予刘志丹很高的评价，索尔伯里在其名著《长征——闻所未闻的故事》中称刘志丹为"陕西罗宾汉"。

3 刘志丹穿过的大衣。

4 刘志丹用过的砚台、墨水瓶，谢子长用过的手枪。

1

2

3

4

5

5 刘志丹（1903—1936），志丹县（旧称保安县）金鼎镇芦子沟村人，陕甘苏区红军主要领导人。历任中共陕北特委军委主席、陕甘游击队副总指挥、陕甘边革命军事委员会主席、红十五军团副军团长兼参谋长等要职。1936年4月14日牺牲，年仅34岁（资料照片）。

6 以毛泽东为首的中央红军，在国民党的报纸上看到刘志丹在陕北创建的根据地的消息后，做出进军陕北的历史性选择，最终到达陕北与西北红军会师。图为陵园内刘志丹雕像。

6

第 24 天　延安市

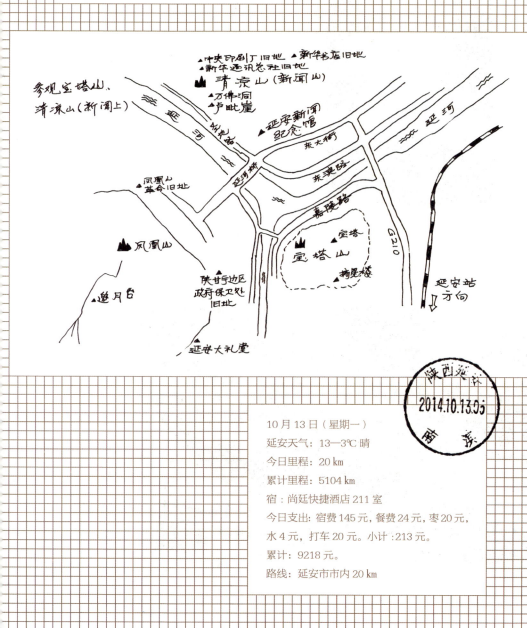

参观宝塔山、
清凉山（新闻上）

▲中央印刷厂旧址　▲新华书店旧址
▲新华通讯总社旧址
▲ 清凉山（新闻山）
▲万佛洞
▲卢毗崖
▲延安新闻
纪念馆
东大街
延河
凤凰山
革命旧址
东滨路
嘉陵路
延河桥
▲凤凰山
▲宝塔
宝塔山
▲揽屋楼
G210
延安站
方向
▲邀月台
陕甘宁边区
政府保卫处
旧址
▲延安大礼堂

2014.10.13.05

10 月 13 日（星期一）

延安天气：13—3℃ 晴

今日里程：20 km

累计里程：5104 km

宿：尚廷快捷酒店 211 室

今日支出：宿费 145 元，餐费 24 元，枣 20 元，
水 4 元，打车 20 元。小计：213 元。

累计：9218 元。

路线：延安市市内 20 km

贺敬之像（资料照片）

　　记得好多年前第一次到延安，站在延河旁眺望"宝塔山"，我忽然感到，对延安的最早记忆，应该说是从贺敬之的诗歌《回延安》（1956年3月9日作）。回想小时候虽然对贺敬之不甚了解，但通过他的作品《雷锋之歌》，知道了雷锋，《桂林山水歌》知道了桂林，由他主要执笔的新歌剧《白毛女》知道了喜儿，还有《放声歌唱》等。我特别爱听瞿弦和（或是齐越）朗诵的《西去列车的窗口》。

　　在我们青少年的时候，接受革命传统教育，一提到延安，真有一种神圣的感觉。这烙印直到今天，再次来到这里，或多或少仍怀有"朝圣"的心情。

　　为这次延安行，特别把当年买的贺敬之《放歌集》（1961年12月版，1973年2月2版2印）翻出。

　　今天行程攀宝塔山，登"新闻山"——清凉山。

1937年1月—1947年3月27日，中央印刷厂印刷车间设在清凉山上。清凉山东侧是延安时期的新华广播电台、新华通讯总社、解放日报社。万佛洞石窟群是中央印刷厂、纸币厂、卫生所和新华书店等旧址。该山被称为红色延安的"新闻山"。

1　清凉山上的这些佛洞，都曾经充当印刷车间、校对室、编辑部等。

2　清凉山名胜有18洞、24景、40多处摩岩石刻、诗词、题词等。山顶有太和殿一座。山下有著名的万佛洞。

3　清凉山坐落在延河旁，2006年5月25日公布为全国重点文物保护单位。一水之隔的对岸，便是车水马龙、鳞次栉比的闹市区。

4　清凉山位于陕北延安市城东北延河对岸，隔河与凤凰山、宝塔山三足鼎立，遥遥相望。历代名人咏诗、词甚多。北宋政治家、文学家范仲淹曾登临此山咏诗曰："金明阻西岭，清凉寺其东，延水正中出，一郡两城雄。"

1　山上的石窟群中，以万佛洞最大，宽17米，深14米，高6.7米，洞内四周石壁刻有浮雕1万余尊，故名"万佛洞"。神态各异的佛像，体现了华丽纤巧的宋代石刻风格。图为万佛洞内佛像。

3　中央印刷厂的工人在清凉山万佛洞印刷《解放日报》的情景（资料照片）。

2　新华社和解放日报社编辑部在清凉山上的旧址（资料照片）

4　宝塔的两个拱门门额上分别刻有"高超碧落""俯视红尘"字样。

5　宝塔山上的塔名叫岭山寺塔，始建于唐代，重建于宋代，为八角九级楼阁式砖塔。高约44米，九层四面开窗，可览延安全城风光。它是历史名城延安的标志。

6　日军飞机轰炸后的延安城（资料照片）

7　延安旧照（资料照片）

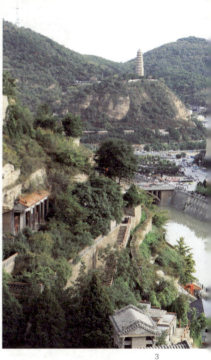

3

1 一位陕北老汉走在延河边，其身后是宝塔山。

2 宝塔山古称嘉岭山，位于延安城东地，延河之滨。因山上有塔，故通常称作宝塔山。宝塔山高 1135.5 米。图为延河、宝塔山及山上的岭山寺塔。

3 站在清凉山上眺望宝塔山。

1　宝塔山下有摩崖石刻群，范仲淹题刻的"嘉岭山"隶书最著名，还有"胸中自有数万甲兵"等题刻。

2　不同时代的石刻

4　范仲淹题刻"嘉岭山"

3　蒋介石手书的"全民导师"是 1947 年纪念孙中山诞辰时刻就的。现今的文字是在被抠掉后又重新补刻的。

5　高山仰止石刻

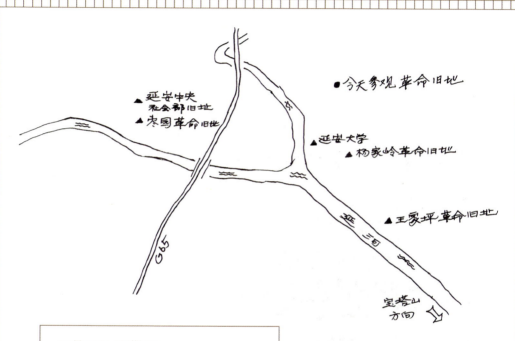

●今天参观 革命旧址

▲延安中央
社会部旧址
▲枣园革命旧址

▲延安大学
▲杨家岭革命旧址

▲王家坪革命旧址

宝塔山
方向

G65

延 河

10 月 14 日（星期二）

延安天气：18—3℃ 晴

今日里程：30 km

累计里程：5134 km

宿：尚廷快捷酒店 211 室

今日支出：宿费 148 元，午餐 62 元，晚餐 76 元，水果 10 元，的士 30 元。小计：326 元。

累计：9544 元。

路线：延安市市内 30 km

延延安（二）

今天要去的地方有延安革命纪念馆、枣园、王家坪及延安新闻纪念馆。

王家坪革命旧址位于延安城西北，隔延河与城相望。这里供参观的有军委礼堂、作战研究室和毛泽东、朱德、彭德怀、王稼祥、叶剑英的旧居等。军委礼堂位于王家坪旧址入口处，是七间高大宽敞、四角翘起的大瓦房，可容纳近千人。礼堂建成于1943年，是军委和总部的工作人员自己动手修建的。

枣园是中共中央书记处所在地。位于延安城西北8千米处，这里原是一家地主的庄园，中共中央进驻延安后，为中央社会部驻地，遂改名为"延园"。 1944—1947年3月，中共中央书记处由杨家岭迁驻此地。中共中央书记处在此居住期间，继续领导全党开展了整风运动和解放区军民开展的大生产运动，筹备了中国共产党"七大"等。毛泽东在此居住期间，写下了《关于领导方法的若干问题》《组织起来》《学习和时局》《评蒋介石在双十节的演说》《论联合政府》《对日寇的最后一战》《关于重庆谈判》《建立巩固的东北根据地》等许多指导中国革命的重要文章。1944年11月，毛泽东在这里接见了美国总统罗斯福的私人代表后任美驻华大使赫尔利，签署了关于成立联合政府中共给国民政府的五点建议。

2009年8月28日，投资5.7

1 王家坪中央军委礼堂

2 整修中的王家坪毛泽东旧居

1 穿上红军的服装，敬个军礼照张相。

2 纺线

3 游人在五大领袖塑像前留影。

4 枣园

5、6 延安革命纪念馆新馆内、外景

亿元的延安革命纪念馆新馆正式向观众开放。新馆总面积近 3 万平方米。纪念馆广场 3.8 万多平方米。入口的三层台阶，隐喻着中国共产党在延安经历了土地革命战争、抗日战争和解放战争三个历史阶段。进入序厅，是一组毛泽东、朱德、刘少奇、周恩来、任弼时五大书记与工人、农民及国际友人的群雕，气势恢宏。浮雕墙上有"1935 年—1948 年"字样。

5

6

在延安新闻纪念馆想到一个人

延安新闻纪念馆紧依清凉山，是全国唯一的新闻事业专题纪念馆，馆内共展出 180 余件文物，还有大量的历史图片、文献、图表等，再现延安时期中国新闻出版事业的发展历程和创造的业绩。作为一个新闻从业人员的我，这个地方一定要看看。在展厅里，我想到了新闻老前辈胡绩伟，他曾在于 1940 年前后来到延安，在《边区群众报》任主编。这里应该有胡老的事迹介绍。果然，我看到了有关他的几幅图片。特别是一幅他 30 来岁站在吉普车上的照片，让我久久凝视。我与胡老有过不多的交往，但每次都受益匪浅。1916 年生于四川威远的胡绩伟，是 20 世纪后期中国最著名的新闻工作者之一，报人生涯达半个世纪。这位年轻时"以笔为枪"的老报人一生崇尚探索、追寻自由。曾为我这个霞客路上的求索者欣然题词："徐霞客精神万岁！"在与胡老交谈中，他以一种敬仰的口吻说，徐霞客精神就是求真务实的精神，就是勇往直前的精神，就是追求自由的精神。如今，老人虽然停止了思考，但他那认定目标永不言弃的精神依然鼓舞着我。

1 在延安新闻纪念馆里，有时任《边区群众报》主编的胡绩伟的照片（资料照片）。　2 1949 年 10 月 2 日，西安举行庆祝中华人民共和国成立庆祝大会，《群众日报》总编辑胡绩伟（前排左一）乘吉普车参加采访活动（资料照片）。

3 窑洞式的延安新闻纪念馆

1　徐肖冰、侯波、吴本立等在延安时期使用过的照相机。　　2　延安时期的记者证。　　3　今日记者证的发证机关统一为国家新闻出版广电总局。

链接

给胡绩伟先生的一封信

胡绩伟老：

9月1日到您府上拜访，受益颇多。鲐背之年的您不仅思维敏锐，而且当时提笔致信江牧岳老，行文舒畅、书写如流。倒是我显得谨小慎微了，一开始请您在我的本子上签名，我都没敢说题写什么词的事，看到您大笔一挥，转瞬间让江红转她父亲江老的大札即就，这让我斗胆二取本子，再请您在您的大名上方题词留念，您稍加思索，旋即"徐霞客精神万岁"7个大字跃然纸上。这正是我希望您书写的文字啊！令人快哉！

"徐霞客精神万岁！"让我这个徐学研究者振奋。我从2003年开始"重走霞客路"，至今霞客走过的19个省市区，我就还有广西没有走。我计划也用日记体出版《重走霞客路》。十几年前，我开始收藏不同版本的《徐霞客游记》，至今全本达60多个，选本30余个，在全国是最多的人，比江阴徐霞客故居收藏的还要多。更为可喜的是，我曾在旧书市淘到民国年间沈松泉点校本《徐霞客游记》，使这部被湮没多年的《游记》重新被发现，在徐学界还引起小小的轰动呢。

与您交谈，我感到一位长者、学者的睿智和宽容心胸。谢谢您。

随本信函将上次在您家拍的合影照片寄给您，请查收。

代为问候您的女儿胡雪滔及狄莎老师。那天遗憾的是没能见到狄莎老师，我对她同样充满了敬意，我看过她撰写的《千呼万唤始出来》一文，特别是她对一百多万字的《胡绩伟自述》和《胡绩伟自选集》的编辑，令人钦佩，让人感动。另外，我还看过报道，您和狄莎老师再次向内江市图书馆捐赠新版《中国大百科全书》一套（32册），《中学生百科全书》《中国儿童百科全书》等29册，共计61册。

本打算将照片给您送去，但又担心打扰。故采取邮寄方式，多有不敬，见谅。希望与您联系，向您讨教。

顺致

大安

刘瑞升　敬上

2010年12月1日

徐霞客精神万岁！

胡绩伟

2010.9.1.

1 这是本书作者最后一次与胡绩伟先生见面，19 天后的 9 月 16 日胡老驾鹤西去，享年 96 岁。图为（从左至右）胡绩伟、本书作者、黄实、谢小玲（谢辔之女）和江杭生（江牧岳之子）。（2012 年 8 月 28 日于北京胡绩伟寓所 王镜摄）

2 2010 年 9 月 1 日，胡绩伟为本书作者题词："徐霞客精神万岁！"

怀念"徐学"前辈曾俊伟先生

今天，接到曾担任《徐霞客研究》主编的黄实先生电话，他告诉我曾俊伟于 10 月 10 日不幸逝世。16 日上午在八宝山告别。听到这个消息我很是突然，我对黄老说，我目前正在陕西考察红二十五军之路，不能与曾老见最后一面真是遗憾。挂断电话后，我脑海中不由地呈现出与曾俊伟先生的多次交往。

记忆犹新的第一次见面是 2005 年秋，在江苏省江阴市参加徐霞客学术研讨会。第一次见到精神矍铄的曾老，他 1928 年出生于重庆，毕业于清华大学法学院，毕业后一直在中国国际贸易促进委员会工作。多年来，曾先后游历了中国多处名山大川及亚洲、非洲、欧洲、大洋洲、北美洲的几十个国家和地区，是一个资深的"玩家"。我想，可能缘于"玩"，他才与明末大旅行家徐霞客结缘。我也爱玩，崇拜徐霞客，自然对曾老多了几分亲近感。他在花甲之年投身于徐霞客研究，不同于其他研究者，曾老凭借其过硬的英语基础，把徐霞客及其《徐霞客游记》介绍到海外。2007 年 4 月，曾俊伟和艾若、石在等三位学者，应邀前往新加坡，参加4月21日举办的"世界书香日专题文化讲座"，主题是"徐霞客：中华史上'游圣'生平事迹与现代人文精神"。出席讲座的有新加坡国会议员、前任部长，大、中、小学师生代表，以及企业、文化、旅游等各界人士共500余人。这次徐学讲座，促生了新加坡部分文化界人士徐学研究的热情，同年9月，"新加坡徐霞客研究会"成立，这是继美国（旧金山）成立徐霞客研究会之后，在中国之外，第二个国家成立的徐学组织。

曾老是一位热情好客的学者，与他曾多次聚会。经他引荐，我结识了不少学者、旅行家等，比如在他家认识了谢韬卢玉夫妇、何理良、林立衡、胡有萼、徐公持、马中欣等。

1 红军情结

2 宝塔山下自娱自乐的市民。

3 头顶红包儿的婚车是陕北的一道风景。

1　牌友　　　　2　延河边的市场

3　抽陀螺　　　4　看相

5　街边牙医

第26天 延安市 — 永坪镇 — 延安市

前往永坪，红二十五军与陕甘红军会师地。

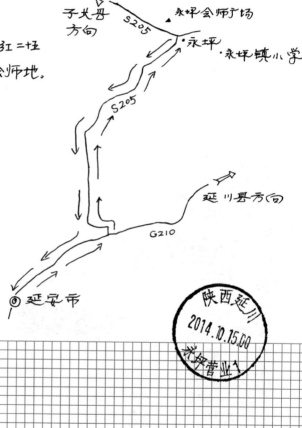

10月15日（星期三）

延安天气：18—3℃ 晴

今日里程：136 km

累计里程：5270 km

今日支出：延安到北京火车票336元，长途车费45元，午餐17元，的士40元，施舍20元，晚餐14元，水果12元。

小计：484元。

累计：10028元。

路线：延安市—68 km—永坪镇—68 km—延安市

永坪会师纪念馆乎？纪念室乎？

早6时许，我在延安客运东站，上了前往永坪镇的汽车。

距永坪站百米开外十字街正中央，就是红军会师雕塑，其背景是镇政府的大楼，据说盖楼的钱是建红军纪念馆的，我此行很想探个究竟。雕塑与镇政府大楼之间是一个广场，有一大石头上刻有"会师广场"四个字，不知底细的人，一定会认为这里就是1935年9月红二十五军与陕北红军会师的地方呢，其实不然。

穿过广场，来到大楼前。主楼五层，连接两侧的配楼是四层，整体呈灰色。记得在为这次出行做准备时，在网上搜到一个信息，有网友调侃说，盖这楼的钱是"灰色"收入，所以领导们一致决定把楼刷成灰色。

楼门口挂着很多牌子，其中一块是永坪镇会师展览馆。进楼在一楼转了一圈，没看到。我认为，既然称之为"馆"，肯定在一层有一个空间高大些的大厅，当作一个永久性的展览场所。上二层，在正对着楼梯的一个开着门的办公室打听纪念馆在何处，一个个头不甚高的男子指向楼的那一头。我走过去，也是正对着楼梯的一个门，门的上方挂着一块红牌，上写着"永坪会师纪念馆"，在门牌号204上面有一块金色门牌，写着"展览室"。门锁着。

折回，见一门，标牌写着"副书记"字样，敲门、等候、再敲，传来窸窸窣窣的声音，得有一分

1　1935年9月16日，红二十五军在陕北延川县永平镇与红二十六军、红二十七军会师。图为会师地永平镇（资料照片）。

2　所谓展览馆，其实面积大概在八九十平方米的样子，的确有些牵强。

钟的时间，门轻微地打开一条缝隙，一男子露出脸，警觉中流露出细微不情愿地问，干啥？我问是书记吗？回不是。他说书记不在，他是暂时待一会在这里。其实，我是想采访一下镇领导，有些问题想直接问问，便于我对这段历史的记录，避免以讹传讹。

楼道里的门都紧闭着，我只好二返办公室，问谁能打开纪念馆的门。男子这回上下打量我，问，哪里来的？得知是北京，专程来看纪念馆。他忙说他去开门，翻抽屉，取钥匙，打开门后开开灯。最后告之，看完后关上灯和门即可。

1　1934年春至1935年夏，陕甘边和陕北红军先后粉碎了国民党军的第一、二次"围剿"，此后陕甘边革命根据地和陕北革命根据地连成一片，为红二十五军及中央红军的到来奠定了基础。图为陕甘边革命根据地赤卫队一部（资料照片）。

2　1935年9月16日，红二十五军在陕北延川县永平镇与红二十六军、红二十七军会师，随后组建红十五军团。图为红十五军团一部（资料照片）。

3　红军长征期间的红二十六、红二十七军在陕甘边苏区，坚持反"围剿"斗争，在陕甘边保存了相当大的一块苏区，为红二十五军及红一、二、四方面军到达陕北提供了保障。图为陕甘边苏区红军一部指战员合影（资料照片）。

4　与其叫会师广场，不如直呼永坪镇广场，因为镇政府办公大楼前的这片广场，除了图上这块刻着"会师广场"四个字的石头之外，再也找不到什么与红军有关的宣传物件。

5　中共西北工委组织部为欢迎红二十五军北上给各级党组织的紧急通知（资料照片）。

1 "永坪镇红军会师旧址"石碑

2 永坪第一小学，即红军小学大门。图为保安人员询问我的身份。

展馆的面积大概在八九十平方米的样子，虽然没有采用什么声光电之类的先进的展示手段，但布置的比较精致，展板的材质、图片的安排及整体的色调等，看着比较舒服。不少图片在其他地方没有看到过，还有几个玻璃展示柜，放了一些大刀、文件包、铜壶等实物。总之，在这个展室内走上一遍，基本上能够了解20世纪30年代初，在共产党人刘志丹、谢子长的带领下，一群陕北百姓，高举革命旗帜，开展武装斗争，创建红二十六军、红二十七军的事迹。以及1935年9月红二十五军到达陕北后与刘志丹等会师后，组建红十五军团的经过。

参观后关灯带门，就其展览规模而论，叫"永坪会师纪念室"更为恰当。其实，永坪作为西北革命根据地的中心，这里可歌可泣的英雄人物和事迹，这里的经验教训（比如"肃反"）都有展示的内容和空间。建造一座纪念馆是很有必要的。

打三蹦子去永坪第一小学，这里是红二十五军会师地，目前还有一个名字，即红军小学。在孔子塑像旁有一块斑驳的石碑，其实是2008年5月立的，上面刻着"永坪镇红军会师旧址"。学校很漂亮，塑胶铺地的操场，瓷砖贴墙的教学楼，严格管理的门卫。印证了那句话"再穷不能穷教育"。

3 今日永坪镇   4 永坪镇旧景（资料照片）

附录

陕西延川以红军纪念馆名义建镇政府办公楼

来源：新闻中心－中国网 news.china.com.cn　2012-12-10

修建红军纪念馆是为了缅怀革命先烈，传承红色文化，教育后人铭记革命历史，但延安延川县永坪镇却将千万元修建的红军会师纪念馆变为政府办公楼，引起当地群众的不满。

1935年9月15日，由徐海东率领的红二十五军到达延川永坪镇，16日与刘志丹等率领西北红军主力来到延川县永坪镇，与红二十五军在这里胜利会师。2010年延川县政府为了纪念这一重大历史事件，由政府投资1000多万元在永坪镇修建会师广场。然而，今年8月工程建成后，红军会师纪念馆却成了永坪镇政府的办公楼。

红军会师纪念馆成了镇政府办公楼

近日有群众爆料，2010年延川县永坪镇将原永坪粮站的办公地进行拆迁，拆迁后便开始了大规模的修建。

工程2010年初开始，经过近两年的紧张施工，工程竣工。当初拆迁时说要在此地建永坪红军纪念广场，会师纪念馆将展出当年红军会师的资料、图片以及实物，供广大游客参观学习进行革命传统教育。可当工程竣工后，会师纪念馆却成了延川县永坪镇政府的办公楼。

"现在国家三令五申地强调，不允许政府单位以任何名义修建楼堂馆所，而延川县永坪镇却打着修建红军会师纪念馆的名义，为政府修建办公大楼。"一位当地群众说。

永坪镇政府办公楼。楼的右侧二层三个窗户（标有椭圆处），即为会师纪念馆。

当地群众说现在镇政府的办公室很豪华，尤其是书记、镇长的办公室。根据镇政府办公楼平面示意图上，镇党委书记的办公室相当于四间普通办公室，镇长办公室相当于三间普通办公室。

记者从延川县政府网上了解到，永坪镇会师纪念馆建设预算项目工程，总投资464.2万元，

1　楼门口挂着很多牌子，其中一块是永坪镇会师展览馆。

2　永坪镇政府办公楼内的会师纪念馆。

3　陕西省延川县永坪镇属于陕北革命老区。1935 年 9 月，红二十五军与西北红军主力在此胜利会师。为纪念永坪会师，2010 年，延川县在永坪镇启动"会师广场"建设项目。但建成后，原本没被列入该项目的镇政府办公楼赫然出现，而规划中宏伟的会师纪念馆则"蜷缩"在大楼的一间小屋里。（注：此为原文图片说明）

由政府投资建设，永坪镇红军会师广场建设预算总投资 837 万元，建设单位为延川县永坪镇政府。

城建部门：审批的是红军会师广场项目

延川县城建局一位姓高的局长说，"我们规划审批的是红军会师广场建设项目而不是永坪镇政府办公大楼。"

在延安市发改委给延川县经济发展局下发的延发改投 [2010]65 号文件上批复如下："延川县经济发展局：你局延经发 [2010]24 号文悉，为了改善人居环境，完善城市基础实施。经研究同意你县新建永坪镇会师广场项目，现将有关批复如下：一、建设地址，拟建项目位于永坪镇中心街原粮站。二、建设规模及主要内容，新建一处 9800 平方米广场，主要建设内容为：广场硬化、会师纪念馆、雕塑、公厕建设，给排水，绿化、照明及其他附属工程。三、总投资及资金来源，项目估算总投资 1360 万元。资金来源申请银行贷款和自筹。"

附录 会师永坪（节选）

来源：《三秦都市报》　2005-08-24　记者：陈戍　实习生：宁明明

1935 年 9 月 16 日，红二十五军胜利到达陕北永坪镇，与陕甘红军会师，成为长征中到达陕北的第一支队伍。

2005 年 8 月 18 日，"重走红二十五军长征路"采访团，经过近 20 天跋山涉水、近万里行程，终于踏上了永坪这块红色热土……

一群羊救了一支部队

1935 年 9 月 3 日，红二十五军在甘肃合水县板桥镇遭遇惨烈战事后，沿着陕甘边界的崇山峻岭，一路北上。由于周边地瘠民贫、人烟稀少，红军无粮可筹。此时，营以上干部都将坐骑贡献出来，为战士们果腹充饥。

就在全军面临断粮危险的时候，几个赶着 300 多只羊的老百姓与先头部队迎面碰上。听说是红军，老百姓高兴地从怀里掏出苏维埃政府的证明，说是边区的羊，准备赶到白区卖掉换布。得知老百姓准备把羊卖 420 块银元时，徐海东当即命令给付 500 块银元，买下了所有的羊，粮食问题迎刃而解。

同年 9 月 7 日，部队在豹子川休整了一天，指战员都换洗了军装，戴上崭新的红五星，还把武器擦拭得乌黑锃亮。两天后，红二十五军总共 3400 多人向延川县永坪镇开进。

寻找会师地

坐落在陕北延川县境内的永坪镇被群山环绕，镇上只有两条主要街道，人也不多，显得宁静而祥和。永坪镇政府一位 40 多岁的工作人员证实说，当年红二十五军和刘志丹领导的红军会师地就在如今的镇小学，遗憾的是年代久远，纪念碑已经不知去向。

抱着一线希望，采访组从镇政府西行，来到1千米外的永坪镇

1 永坪第一小学，也叫红军小学，这里是红二十五军与刘志丹部会师的地方。如今已看不出一点迹象，从2008年5月6日镇政府立的一块已经斑驳小石碑上看到，这里是"永坪镇红军会师旧址"。图为一位老师从红军小学铭牌旁走过。

2 刘志丹，陕甘边苏区红军主要领导人。红二十六军的创立者。1936年4月14日牺牲，年仅34岁（资料照片）。

3 谢子长，陕甘边苏区红军主要领导人。红二十七军的创立者。1935年2月21日逝世，年仅37岁（资料照片）。

4 徐海东，红二十五军军长（资料照片）。

5 红二十五军与红二十六、红二十七军在永坪镇会师。图为会师现场（资料照片）。

6 永坪镇会师（剪纸）

小学。正在督导施工的学校总务处负责人白俊江闻知来意，手指着学校大门说，当年红军会师就在那个地方，原来有两间瓦房，徐海东和刘志丹就曾住在那里，但后来学校扩建，瓦房全被拆除。据白介绍，镇小学早在 1927 年建成，红军会师后几经改造。最近的一次修建是在 2000 年，原来的老房子早就荡然无存。

在校园一个偏僻角落，一个破旧的宣传栏吸引了采访组注意，透过灰蒙蒙的玻璃橱窗，依稀可见 3 张发黄模糊的照片，内中显示的背景是久远的窑洞形状屋舍，古朴大方。

1935 年 9 月 16 日，红二十五军和陕甘红军在永坪镇举行盛大的联欢会。会后，陕甘红军和红二十五军合编为红十五军团。商洛市原党史办主任赵凌云说，红二十五军和陕甘红军会师，是中国工农红军在西北大会师的前奏，是全国革命大本营转移到西北的奠基礼。

永坪镇老街

1 个老人和她的 3 只小狗在老街上。

从红军小学返回到纪念雕塑前的桥边，准备乘车回延安，已经有一辆去延安的客车马上就要出发。我不经意间看见桥的护栏板上有一幅幅浮雕，便凑了过去细瞧，原来是永坪革命事迹图，其中有一幅画面上写着"红二十五军军部设在东门坡（现新华书店）"。赶忙询问售票员，他说就在不远的一条老街里。哈哈，踏破铁鞋无觅处，得来全不费工夫，这让我如获至宝。

我顺马路前行，尔后从路口拐入一条斜街。不多时前面出现

1 街上的老人告诉我，这条路及房子基本上是八九十年前的样子。时间使这里最大的变化就是房顶长满了蒿草以及几近坍塌状况。

2 一位似乎缠裹过脚的老婆婆坐在老街上，看着过往的行人，大家经过时都停下脚步，与她说上几句话。

了一片低矮的土坯房，显然是几十年前的产物，有些已经坍塌，与刚才看到的学校教学楼、镇政府办公楼不可同日而语。间或有一两间砖房加在破旧房子中间，很是扎眼，显得不协调了。前面有一位 40 开外的女子，紧走几步赶上，向她询问老新华书店的位置，她连声说知道。她告诉我，小时候经常去那里买书看书。她还说，那是 30 年的事了，不知现在还是不是书店了。原来，早就出嫁他乡的她，今天是回来看望母亲的。走到一处已是水泥建造的房子前，她有些疑惑，估计已经不是她记忆中书店的模样了，她向一个长者询问，确定书店位置就是这里，但房子已经翻建，改作他用了。她热心地领我来到院子里，指着一排水泥构件建造的高大房子说，过去这里是几间老房子，她用手指着前面说，书店的门就那儿。我问她知道不知道这里曾是红二十五军军部，她摇头称没听说过。

看得出，这条老街的走向没有变化，新旧房子夹杂在一起，灰砖黛瓦的门楼及铺面房，厚实的门板，精致的窗棂，虽然都已是破败不堪、支离破碎，传递的却是几十年前繁华的信息，而红砖平顶的二层小楼，则好似在说，今天的住户为了居住的需要，不得不向空间发展。如果没有停在路边的小轿车，以及远处电信信号铁塔，看不出这里今夕是何年。

当然，对我来说，站在这条破败的老街上，眼前浮现的是 80 年前红二十五军到达这里，红军官兵在街上走过的身影。

1　这里就是东门坡原新华书店，即1935年红二十五军军部所在地。如今书店也没有了，看不出一丝旧址的模样。

2　红二十五军成为第一支到达陕北的红军长征部队。图为与红二十六、红二十七军合编为红十五军团盛况（资料照片）。

3　从永坪桥的护栏上的浮雕得知，红二十五军军部设在东门坡，即后来的新华书店。图为护栏板。

4　老街街口有一户娶媳妇办喜酒的人家，嫁妆摆在门旁，包括双门冰箱、滚筒全自动洗衣机、电视机等。

老街街口有一户娶媳妇办喜酒的人家，看得出，低矮的新房进行了去旧换新的装修，外墙用米黄色的涂料粉刷，窗户换上了还没来得及撕掉包装纸的塑钢窗，不锈钢的护栏让大块玻璃增加了安全度，门则是厚厚铁板一次成型的防盗门。最为显眼的是几乎遮挡了全部玻璃的嫁妆：包装上印着二维码的双门冰箱、滚筒全自动洗衣机、电视机、蚕丝被、大红色拉杆箱，还有一些包袱皮儿包着的包包及一些盆盆罐罐。不远处停着几辆送亲的小轿车，每个车上都顶着一个大红色的拉锁包。

我之所以记录详细，别无他意，只是记录我亲眼见到的民众普通的日常生活。生活在继续，天天不一样。

1 老街上的等待吃喜酒的人们　　　　　　　　2 婚车

红二十五军后代的一个愿望

　　在老街上没能寻到确凿的与红二十五军有关的物证，我很不甘心。

　　此次"寻觅红二十五军长征足迹"的活动今天就要结束了，记得在出发之前，我对安徽朋友刘栋说，如果可能的话，在金寨看看能不能拜访一位老红军。他说，估计够呛，能够健在的老人，至少要在95岁以上了。假如能与他们的后代见个面就不错了。到达安徽的第一天，我询问涂治炎，他表示，就他知道的三四位健在的老红军，有在北京或其他城市的，或已经不能自理了。至于他们的后代，在很短的时间里恐也难以联络。

　　我总以为在接下来的路上，一定能够遇到一两位。可是，事实就摆在眼前，别说没有采访到一位老红军，竟然连一位红军的后代都没有见到。如果不是刚才看到桥栏护板上的浮雕，这个时候，我已经在回延安的路上，今晚乘火车北上京城了。愿望无疑落空。

　　看看表，我在这里已经忙活了一个多小时，此刻已是中午，太阳照得人睁不开眼，一上午了，连口水都没喝，肚子也"咕咕"地叫起

为我带路的女子向李
向东老人确认原新华
书店的位置。

来。我打算回到主街上，找个快餐店，喝个冰镇啤酒，来点小吃，然后返延安。就在这时，一个"意外"出现了。

永坪镇旧街，就是我寻找红二十五军军部的这条街，它有一个丁字路口。刚才来时，是随着领路的女子，边走边说在丁字路口左拐。此刻我欲返回，到路口理应右转才是，阴错阳差，拿着相机拍个不停的我却左行了，直到感到周遭"陌生"了才停下脚步。这时一位老者站在离我几步远的地方，并向我点头微笑，我赶忙笑着向他询问去车站的方向。他却问我红二十五军会师的地方去了没有？还用手指着前方说，就在离这两里地的小学校。我有些纳闷，他怎么会知道我在寻找红二十五军的遗迹呢？老人笑笑说，你忘啦，刚才你不是找红军军部。我想起来了，当时帮我领路的那个女子，就是向眼前的老人核准新华书店的位置。

我告诉他红军会师的地方永坪小学已经去了。并问他怎么知道红军的事情？他说自己就是在这街里长大的，从小就听当过红军的父亲讲过不少红军的故事。听到这儿，我的眼睛一亮，莫非他父亲是红二十五军？

事情就是这么的巧，柳暗花明，真让我猝不及防啊！

他告诉我，他的父亲名叫李长有，1935 年参加红二十五军，他们家的窑洞也是红二十五军来的那年政府分给的。我赶忙说，您带我快去看看，他向旁边一指，说，这不就在眼前嘛。就在三五步之外，有两孔顶上罩着塑料布的窑洞，我随他走进院子，他介绍说，他爸爸曾告诉他，当年参加红军时，红军首长来过这窑洞好几次呢。他说，如今这房子太老了，还漏雨，这不，先用苦布凑合。他们已经住在旁边的砖房子里了。

老人叫李向东，1951 年出生，两儿两女，都成家了，孙辈有七人，其中一个孙子当兵去了。我从他口中还得知，他收藏着已故父亲的几

个证件。这又让我兴奋不已。

来到隔壁瓷砖贴面的砖房里，我一眼看到老式木制大衣柜顶上，戳着一个镜框，在几张彩色照片的夹缝中，露出一张素描头像，从发旧的纸张来看，至少也得有几十年的历史了。我断定这是李向东的父亲年轻时的画像。果真如此。

1　李向东全家福。

2　李向东指着两孔顶上罩着塑料布的窑洞说，这是 1935 年政府分给他家的。由于漏雨等原因，现在已经不住人了。

3　李向东与"重走红二十五军"路旗合影．身后是他现在住的房子。

李向东从抽屉里面翻出几个小本本，我先拿起由陕西省民政厅颁发的《退伍红军老战士证明书》，但见上面写着：李长有，1920 年出生，1935 年 10 月入伍，1949 年退伍。本人简历"1935 年 10 月参军，在红二十五军，1937 年负伤，后转到延安大学党校工作，于 1949 年退伍"。在退伍时所在部队及职务栏里写着"120 师 4 团指导员"，残废等级为三等乙级。

我打开民政部于 1981 年 12 月颁发的革命残废军人抚恤证，第一次领取日期是 1982 年下半年，40 元，每半年领取一次。最后领取时间是 1989 年 11 月，上半年空缺，下半年为 168 元。估计老红军之后便逝世了。在领取抚恤金期间的 1986 年之后，半年增加到 94 元。我算了算，9 年间共领取了 1314 元，平均每年 146 元。

李向东说他父亲属猴，1935 年当红军时，虚岁才 16 岁。1949 年退伍回来后才娶媳妇。

1 63岁的李向东捧着父亲李长有的画像，讲述当年的往事。

2 国家民政部颁发的《革命残废军人抚恤证》等证件

3 李长有的《退伍红军老战士证明书》

我插话说，已经都30岁了，今天都属于大龄了。您是1951年出生的，他31岁有的您啊。

老人说，可不是嘛，当时与他年龄相当的没去当兵的儿时伙伴，有的娃都十岁八岁了。而他还负了伤。

看得出此时老人的心情有些难过，于是我转移话题说，您手里拿着的那是什么证件？

情绪凄然的老人递给我两个证件，说，嘿，这是我叔父李德有的，他命好苦啊。

一个是砖红色漆皮封面，上面竖排繁体字写着"中央人民政府革命军人残废证"。一看就是20世纪50年代的物件，有别于李长有的两个证件都是塑料封面，属于20世纪七八十年代的产物。

另一个是一张单页对折的薄纸，已经皱巴巴的了，有些字迹都不清了，特别是拦腰折破后，补粘的一条白纸，纸条把印的字给遮住了。封面也是竖排繁体字，共有三行，第一行是"李德有□（留一本书作者猜测）念"，第二行是"光荣□（复一本书作者猜测）员证"，第三行是被遮挡若干个字之后"委员会赠"。封底是中华民国□□□□月十六日。

翻看"中央人民政府革命军人残废证"开始两页是毛泽东和朱德的头像和二人套红手书题词，每页还用硫酸纸分离开，印刷水平一般，但装潢讲究。正页是：

中央人民政府革命军人残废证

查李德有（手书）同志在伟大的革命战争中光荣负伤致成残废特发给此证。

主席 毛泽东（手书）

一九五 年 月 日

中华人民共和国中央人民政府之印

日期没有填写，不知是不是疏忽所致。

原来，李向东的叔父李德有也是1935年参加红军，1951年12月26日退伍，安置地是甘肃省环县曲子镇，残废证填发机关是环县人民政府，填发日期是1951年11月10日。此时他的年龄已是40岁，依此推算，李德有应该是1911年出生。他的残废等级也是"三等乙级"，与李向东的父亲相同，但好像严重得多。具体"残废情形"栏中填写的是"两耳全聋，左手负伤"。按照"执证须知"："三等残废军人复员时其残废金、抚恤粮由政府一次性发清，并在证上注明留作光荣纪念。"

在残废证领发残废金、抚恤粮栏中，残废金是300，抚恤粮是400，没有数目单位，是300元、400斤吗？至少我们这些现在的普通人看不出。"停止抚恤留作纪念"8个大红字，赫然盖在证上。

李向东对我说，他叔父在部队还当过班长。这在残废证上得到证实。李向东还说，他叔父一辈子都没有娶上媳妇。

在另外那张单页对折的"光

李向东的叔父李德有复员时"两耳全聋，左手负伤"，他终生未娶。图为李德有《光荣复员证》。

荣□（复）员证"上，我看到"身体现状"栏中，不仅写着"耳聋"字样，还有"身体衰弱"四个字，可见其已经丧失劳动能力了。在"复员何处"栏目中，写着"到曲子种地"。还有一个"生产补助金"栏目让人稍稍欣慰："粮食拾斗"。估计也是一次性吧。

李向东说，他及家人只有一个愿望，把他父亲和叔父的坟，迁到烈士陵园，算是对两位长辈在天之灵的一种安慰。但已经与政府有关部门说过几次，回答都是，他们不是打仗时牺牲的，是和平时期病死的，不符合相关规定。

我说，的确，什么条件埋葬在烈士陵园，国家是有明文规定的。但我以为，可以考虑移葬到公墓里，政府有关部门承担全部或部分费用，并在墓碑上勒刻上他们参加红军，包括负伤等事迹，这无疑也是缅怀逝者、尊重后代、教育今人的一种方式。我建议李向东继续找政府相关部门，提出这样的可行性方案。

 附录

陕西安康烈士陵园现豪华墓

来源：网易新闻　2015-04-25 11：05：23

澎湃新闻（www.thepaper.cn）近日实地探访发现，陕西安康烈士陵园近年来被不少非烈士人员侵占，其中包括众多安康籍、或曾在安康任职的前官员，以及部分在任官员的亲属。

这些墓主为非烈士身份的墓穴，多为建于2013年、2014年的合葬墓。其中，部分前官员（或官员亲属）墓葬颇为"豪华"。陕西省原副省长、安康籍人士徐山林的夫人墓葬超80平方米，相比之下，位于其不远处的原二炮副司令员符先辉将军墓也逊色许多。

《革命烈士褒扬条例》规定，"任何单位或者个人不得在烈士纪念设施保护单位范围内为烈士以外的其他人修建纪念设施或者安放骨灰、埋葬遗体。"

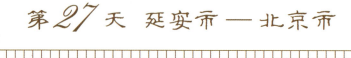

第27天 延安市—北京市

10月16日（星期四）

北京天气：22—8℃ 晴

今日里程：992 km

累计里程：6262 km

今日支出：0元。小计：0元。

累计：10028 元。

路线：延安市—963 km—北京两站—
29 km—生命科学园寓所

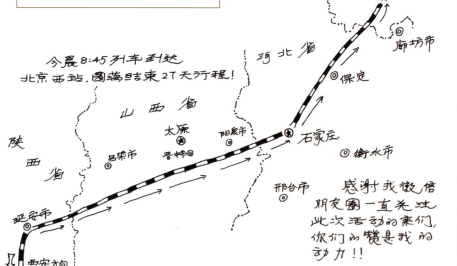

今晨8：45列车到达
北京西站,圆满结束27天行程!

河北省

山西省

陕西省

太原

阳泉市

晋中市

吕梁市

石家庄

保定

北京★

廊坊市

衡水市

延安市

邢台市

西安方向

感谢我微信
朋友圈一直关注
此次活动的亲们,
你们的赞是我的
动力!!

圆满结束

1　延安火车站

2　北京西站

昨天21点57分，火车徐徐驶出延安站，消失在茫茫的黑夜里。今晨8点45分，披着太阳光华的列车进入北京西站。晚点20多分钟。夫人李萍接站。在停车场，我留影纪念。至此，前后27天、总行程6262千米的"寻觅红二十五军足迹"的活动画上了句号。

此时此刻，作为从事新闻工作已达25年的我，想起了《经济日报》记者罗开富，这位30年前重走红军长征路的新闻前辈，就是他的行动，萌生了我当记者的想法，真没想到竟然梦想成真；就是他的行动，让我把"重走长征路"当作一件有生之年必须践行的事情，今天实现了。我由衷地感谢他，当然，我的"重走"与罗开富不可同日而语，充其量是象征性的，但我很欣慰。

这些年来，不同的人以不同的形式走红军长征之路，各怀心思，各有目的，他们的社会影响足够大。而我以一种纯个人行为，实现了自我的一个梦想，对我来说足够了。

最后，向新闻前辈罗开富先生敬礼！

1　罗开富著《来自长征路上的报告》，经济日报出版社，1987年6月版

2　罗开富著《红军长征追踪》（上下册），经济日报出版社，2005年10月版

3　红25军路旗

后记　让梦想的阳光照进现实

一

30 年前的 1985 年，在《经济日报》上看到一位名叫罗开富的记者，逐日发表其重走长征路的报道。一个记者，面对一条未知的路，感受路上的一切，形成文字，发表在报纸上，多么有意思的一件事啊！我的脑海中第一次蹦出"当记者真好"几个字。其实，只是一个梦想而已。

那个年代，没有企业"倒闭"、工人"下岗"之说，看一个人的"社会地位"如何，凭借的仅是工作单位所有制是国营还是集体，经济效益如何。我所在的工厂是时任国务院总理赵紫阳的试点企业，经济效益不错，"铁饭碗"一只，令人羡慕。

那时对大多数中国人来说，理想是什么？就是工作稳定、生活安宁、结婚生子、退休养老。没有悬殊的贫富差别，没有激烈的生存竞争。按部就班就是那时的生活方式。

《经济日报》上的连载持续了 1 年的时间。不能说一篇不落，但基本上我都读了。这个"读报年"，让我受益匪浅、收获颇多，也产生了不少"非分"的想法。

二

1987 年，在不解的目光中，我放弃了众人认为舒适的工作，以及可以发展的空间，离开红红火火的国有企业，来到中国专利局。我不知道这次工作变动会给我带来什么，但我清楚，它将改变我的生活方式。我懂得，改变，能让一个人的生活精彩；不断的改变，能够寻到实现自我价值的最佳方式，最终找到自己喜欢干的事。让梦想的阳光照进现实。

1989 年，机会不期而遇，《中国专利报》创刊。报社需要一个美术编辑，从小喜欢"涂鸦"的我，这时派上用场，顺利入选。

1990 年，第 11 届亚运会在北京举行，我的拙作《亚运礼品，从这里诞生》，获首届全国专利好新闻一等奖第一名，从此我开始了笔墨生涯。

1999—2001 年，我完成"中华知识产权世纪行"活动，单人单骑走全国采访报道知识产权。后结集出版《上道就好》。

2013 年，历时 12 年的"重走徐霞客之路"活动结束，工作之余 12 次出行 234 天，行程 69253 千米。目前已有《跟着徐霞客去旅行》（第一集）面世。

三

"当记者真好"，从一闪念的一个梦想，到梦想的阳光照进了现实生活。

其实，当一名像样的记者是很难的一件事，意味着一种责任，一种担当，一种勇气和不怕吃苦勇于牺牲的精神。还要追寻止于至善的思想境界，独立人格的思辨能力。

27 天的行程，看到的、听到的、想到的很多很多，令我思考。

1986 年，时任《经济日报》总编辑的安岗先生在为罗开富结集出版是《来自长征路上的报告》一书撰写的序言中，他希望"记者把自己干的新闻工作同自己的理想、追求和奋斗目标结成一体"。在全国新闻界影响深远，在中国新闻史上赫赫有名的"重走长征路"活动，就是安岗策划的。

一件事，一篇文章，一本书——能让一个人的生存方式发生根本的改变。对我来说就是如此。

我至今不认识安岗、罗开富两位新闻前辈，但是他们的言行一直影响着我。也许就是这种影响，才有了后来我不按部就班的生活轨迹，不安分守己的独往独行，也才有了与其他记录红军长征书籍不同的这本书的出版。

27 天是短暂的，但留给我的思绪是绵长不绝的。

四

27 天旅程中：亲人和友人通过微信、短信、邮箱、QQ 或电话等方式与我保持联络，牵挂我的安全及生活等。牵挂是心灵的付出，是无形的财富，有时是无需语言的陈述。路上所有帮助过我的人士，我不仅记录于书，还牢牢地铭刻在心里。

27 天旅程后：在本书脱稿之际，杨虚杰女士对拙作给予了全新的解读，她认为，在红军长征 80 年后的今天，能够把这次的行走，变成一次对自然的敬畏，对历史的倾听，对过去的反思，对后世的醒悟，并以图文的形式展现在读者面前，是一件非常有意义的事情。她的举荐，使本书成为出版社重点出版图书。而责任编辑胡怡的心血，装帧设计影子的辛勤，为本书增色添光。

27 天旅程的延续：为了使本书史料全面翔实、信息丰富多彩，书中引用了一些公开发表在书籍、报刊及网络上的文字，为尊重作者版权，均注明作者姓名及出处等信息。在此向众作者表示衷心感谢，本书作者联系方式：邮箱 cz200383@sina.com。

刘瑞升

2016 年早春记于京城平西府舍下明德堂